푸른사상 시선 173

의지와 표상으로서의 세계이니

푸른사상 시선 173

의지와 표상으로서의 세계이니

인쇄 · 2023년 3월 15일 | 발행 · 2023년 3월 20일

지은이 · 박석준
펴낸이 · 한봉숙
펴낸곳 · 푸른사상사

주간 · 맹문재 | 편집 · 지순이, 김수란, 노현정 | 마케팅 · 한정규
등록 · 1999년 7월 8일 제2-2876호
주소 · 경기도 파주시 회동길 337-16(서패동 470-6) 푸른사상사
대표전화 · 031) 955-9111(2) | 팩시밀리 · 031) 955-9114
이메일 · prun21c@hanmail.net
홈페이지 · http://www.prun21c.com

ISBN 979-11-308-2019-4   03810
값 12,000원

푸른사상
시선
173

의지와 표상으로서의
세계이니

박석준 시집

푸른사상
PRUNSASANG

꽃나무가 주는 자극보다는 나는
사람이 살아가는 모습에 더 짙은 마음을 쏟겠다.
자유를 바라고 피폐하지 않는 삶을 바라는 나를
자본주의의 세계 ; 말과 돈과 힘, 문화가
소외시키고 통제하기도 하는 세상이니까.

사람이 살아가는 모습에 내가
말을 섬세하게 하려는 데 의지를 쓰면
많은 돈과 새 문화가 빠르게 굴러가는 세계, 도시에서
획득한 표상에
가난한 내가 욕망에 덜 시달릴 테니까.

하지만 세상살이 사람살이에서
나는 비애일지라도
현장에서 사라질 때까지
섬세하고 신중하게 살아가겠다.

2023년 3월
박석준

| 차례 |

■ 시인의 말

제1부 마음과 시공간의 잔상/기억의 지속

제2부 청산청산별곡

제3부 의지와 표상으로서의 세계이니

제4부 무비즘

제1부

마음과 시공간의 잔상
/기억의 지속

콧수염 난 꼬마 청년
― 마음과 시공간의 잔상 1

택시 운전하는 청년이 됐네!
중학교를 못 나오고, 그 애 형
말 구루마 끌었는데

이름이 영달이라고 기억돼.
몇 년 만에 그 형 만나 따라간 곳
다리 옆 도랑 낀 조그만 시장 안의 국밥집에서
먼저 인사를 한 그 애

어린 시절엔 딱지치기하고 함께 놀았지만
중학생이 된 후론 어쩌다가
길에서 얼굴을 보는 아이였지만
고3이 된 나를
본 이날은 그저 점잖게
식탁 앞으로 안내했어.

앵달아, 일 좀 해라.
그 애 엄마 도마 소리가 나고

국밥 쟁반 챙겨 가지고 그 애가
내 앞에 섰지.
교복 속에 가는 다리가
가난같이 꽂혀 있었어.
공고 다니는 영달이,
학교 파하자마자
엄마 일 돕는 앵달이었어.

해가 두 번 바뀌어 80년 봄에
그 애 소리 같아 내다보니
콧수염이 살짝 난 꼬마 청년이네!
형이 사주는 선물이라며
샹송 LP판 한 장을 내게 건넸어.
딱지 치고 놀았지만
무슨 일 하냐고 물어보진 않았지.

그 애 5 · 18 때 집 떠났어.
살짝 콧수염 난 21살 꼬마 청년,

LP판을 내게 남겼지.

그 얼마 후

도랑도 다리도 시장도 사라졌어.

복개하면서 길 넓히다가 그 집도 사라졌지.

나 대학 졸업하고 직장 구하고

가끔 노래를 듣는 완전한 청년이 되었지만.

우산과 양복
― 마음과 시공간의 잔상 2

만화방 같다.
시간강사인 동생이 문을 열어서
문밖의 눈에 들어온 책상 위 검은 우산,
책상 위 몇 권씩 책 꽂힌 3단 6칸 책꽂이,
가져온 책 든 박스를 책상 위에 놓고 그 우산을 챙기는
비좁은 단칸방
(돈 모아 몇 달 전에 얻었다는 신혼방)이.
"형이 가냘파서 백화점에도 맞는 양복 있을지 걱정이다."
선볼 날 입을 옷 고르는 걸 엄마가 동생에게 부탁했는데,

4년째 교사를 하는 나는 백화점에서
고가 양복들이 마음에 들지만
오십육 센티네! 허리가 너무 가늘어요. 제일 작은 걸
줄여드릴게요, 하곤 저가 양복을 고르는 여자를 본다.

가을비가 내리고 있다.
젖은 광주역을 뒤에 남기고
버스가 멈춘 두 번째 정류장에 유동에,

(정류장 부스가 비닐 포장마차 같다) 정류장 부스에

우산 속에 누나가, 옆 우산 속에 엄마가 서 있다.

"잊어버리지 말고 우산 챙겨 오란께!"

엄마가 말해, 막 내린 동생이 버스에 오른다.

엄마와 동생이 함께 우산을 쓰고 간다.

가을비가 내리고 있다.

나는 우산 속에서 집을 향해 걷고 있다, 누나와 따로.

"양복 좀 그만 사 입어라."

"왜 그런 말 해? 3년 전 봄하고 이번, 두 번뿐인데."

"유세 떨지 말고."

식당일 나가면 됐지, 양장하고 어딜 갔다 왔지?

나 돈 없는데. 돈 때문인가?

3년 전 3월에 내가 직장을 잡아

엄마 방을 만들려고 반전세 셋집으로 9월에 옮겼는데,

며칠 안 되어 애 둘을 데리고

돌아와 방 하나를 차지해버리고선.

불만스럽다! 피아노 학원 보내줘, 애원하는 소리,

작은딸 초5 아이의 얼굴이 엊그제 흘렸는데.

빗속의 세 개의 우산 같다, 네 사람의 가난한 삶이.

옷과 시간과 시력
― 마음과 시공간의 잔상 3

돈이 필요해서 광주 셋집에 어머니를 두고
목포에 교사 일 하러 왔지만, 나는
심장병이 있고 심히 허약하다. 음식을 주의하는데,
돈이 필요해서, 어제저녁 회식하고 새벽에 돌아와서,
나는 7월 주말에 더운 시간을 꽤 걷고 있다,
버스 정류장까지 이십 분쯤 걸리는 달동네에 살고 있어,
가방과 셋집에 가져갈 반찬그릇 보따리를
양손에 들고 시력으로 길을 걷고 있다.
나는 피로하고, 땀을 흘리고 있다.
쉬었다 가고 싶은데,

앞쪽에서 다가오다가, 시간이
빨간 블라우스 옷이, 여자가 초등학교 정문으로 들어갔다.

빨간색이 1층 창밖에 고개 숙인 얼굴 아래 나타나서
내가 화단 갓길 끝쯤 왔을 때 본 여자의 얼굴 때문에,
누나와 똑 닮았는데! 삼십 대일까? 나를 보았을까?
생각을 하고, 현관 뒤 복도 중앙에서 좌우를 살피고,

우측 행정실에 여자가 있었음을 좌우에 화장실이 있음을
안, 나는 좌측으로 간다.
두 번째 교실의 뒷문이 흐뭇하게 열려 있어서
나는 문 안에서 얼른 하늘색 반팔 와이셔츠를 벗는다.

여자 때문에, 문 속을 여자가 들여다보진 않을 테지
생각을 하고 화장실에서 팔과 낯을 잠시 씻고, 나는
좌측으로 간다.
나는 시력으로 얼른 길을 시간을 걸어가야 한다.
그런데, 옷이? 사라져서, 여자 때문에 빨간색도 떠올랐다.
옷을? "요놈이?!" 하였으나, 가위로 잘라버렸다.
동그란 얼굴 놀란 듯 유심한 눈이 사람을 본다.
교실 앞쪽에 앉아 있다가 일어선 아이가 조그맣다.
1학년일까? 아이가 내 손을 잡고 나를 밖으로 이끈다.

학교 뒤편 10여 채 보이는 빈민가 언덕길을 올라가
끝 집, 폐지들 넝마들 쌓인 곳 사이를 걸어
마루 앞에 아이가 섰다. 여기에 내려놓으세요.

소리에, 말을 할 줄 아네?! 생각한 나를
엄마, 누나야 소리 내고, 방으로 끌어갔다.
허드레옷 엄마가 돌아보고, 엄마와 함께 노파가 일하고,
뒷마루에서 수를 놓으면서 목례하는 누나가 어리고.
나갔다 들어온 아이가, 이거 입으세요. 건네어
옷을 — 아랫단추 하나 남은 남루한 겨울 남방셔츠를,
입은 나를 유심히 본다.
1학년일까? 아이같이 이상한 시간에 빠져든 나는······.

정문 가까이 왔는데, 옷이 더 너풀거려,
옷 속을 가리고 가고 싶은데, 툭
단추가 굴러가, 올라오는 파란 티셔츠를 의식게 한다.
다가와, 자신의 시력으로 의사처럼 상대 얼굴을 보고,
상대의 드러난 러닝셔츠 속을 살펴본 것 같은데,
파란 티셔츠 남자가 갑자기 웃통을 벗어젖혔다.
너무 빈약하다! 드러난 몸이. 청년기 이십 대일 텐데?
그 몸이 정문 앞 골목으로 곧 들어가버렸다.
나는 택시를 탈 생각을 곧 버려서 길을 내려가고 있다.

기억의 지속

나는 1년 전에 처음 만난 J와 2년째 함께 근무하고 있다.
J는 6년 전 4학년 때 여자를 만났고 6년째 기간제를
하는데, 해마다 두 번씩 장기 해외여행을 하는
여자의 비행기 값을 6년째 줬다 했다.
선생님이랑 함께 만나도 상관없다고 하네요.
열두 살 많은 나는 퇴근 후 뒷좌석에 타 생각을 굴린다.
돌아온 여자를 며칠 전 잠시 만난 것뿐이다? 이상하군.
6개월 스페인 여행에서 돌아왔으니, 결혼해야죠.
했으나, J가 주택 앞에서 정차하자, 여자가 승차하면서
안녕하세요? 한다. 여자가 J의 말에 별 반응이 없다.
나와 여자가 밤의 해변 나무나루 카페 앞에서 내렸다.
저쪽 보세요! 불꽃놀이한가 봐요.
초면인데, 맞은편에 앉아 있는 여자가 말을 부른다.
치지 치지지 포 폭. 폭죽들의 소리가, '녹아내리는 시계'*,
'헤로인, 비 더 데쓰 옵 미'* 노랫소리를
뇌리에 흘려낸다. 여자는 창쪽에 시선이 흐르고 있다.
차를 대고 왔을 J가 자기 옆 의자에 앉는데도.
노벨상 수상자가 확정된 것 같아요.
카페에서 두 번째 말을 불렀으나, 말의 절차를 모른다.

시간의 편재성. 나는 J가 나의 잔을 채우는 것을 본다.
10월 13일의, 정말 불타는 금요일이지요! 불금.
불금보다도 순수한 금요일, 순금이 낫겠는데.
J에게 술을 따르며 응한다. 폭죽 소리가 그친 것 같다.
제이, 술은 그만하고 영화 보러 가자, 선생님이랑.
말의 자유를 모른다. J와 내가 술을 막 한 잔 마셨는데,
자기 욕망으로 타인을 통제하려고만 한다. 시간의 왜곡.
따분해! 해외 여행 하고 싶다. 하여, 여자를 본다.
현재의 죽음. 술 한 잔을 마신 내가 작별인사를 했다.

월요일. 점심시간에 J가 나를 교사 밖으로 이끌었다.
떠났어요. 선생님 가신 후 핸드폰 통화를 하더니,
뜬금없이, 낭만도 비전도 없고 고리타분한 사람이라며
헤어지자고 했어요. 그러곤 곧 남자가 나타나서.

---

* 〈기억의 지속(The persistence of memory)〉 : 스페인의 초현실주의 화가
  살바도르 달리(Salvador Dali)의 대표작(1931) 내용.
* Heroin, be the death of me(헤로인이여, 나의 죽음이 되소서) : 벨벳 언
  더그라운드(The Velvet Underground)의 노래 〈헤로인(Heroin)〉(1967)의
  가사.

十자가 목걸이를 찬

앨 만나게 해주세요. 한 25세 어린 청년의 말을 전하여,
가을이 곧 올 것만 같은 여름 져버린 은행잎들이
은행 앞 저녁 길가에 바람과 함께 뒹굴더니,
만나볼게요. 한 키 크고 성숙한 21세 처녀가 왔다.

늦여름 저녁에 인생, 사랑을 찾아
이야기를 찾아온 스토리 카페에
十자가 목걸이를 찬 몽환적 눈동자가,
예감이지만 키 작은 예쁘장한 오빠는 오지 않을 거예요.

선생님이 아니잖아요?
목소리가 사라지면서 약속 시간 5분이 지났다.
십자로 횡단보도를 건너 처녀가 은행 앞에 흔들리고
횡단보도 끝이 빨간색, 초록으로 깜박이고 있다.

노란 국화 핀 시월 학원 옆 카페에 6시 5분이 지났다.
원장이 잘해줘요. 十자가 목걸이를 찬 43살 이혼년데,
저녁식사 함께할래? 해서 이 주에 두 번 식사했죠.
학원 강사, 35세 어린 청년 작은 손이 커피잔을 든다.

언덕의 말

시간 길을 따라 계절이 열두 번 가고
나는 그 골목길을 걸어가네

골목길을 걷다가
내 그림자가 벽에 져서
낮이 사라진 벽을 보았네

떠났어, 서울 지하철역에서,
잘 있거라, 거울 속 얼굴들아 조선대 언덕의 말들아.
사람들한테 들어서 낯익은 말들인데,
마음이 궁글어
무디어진 사람의 얼굴이 모습이
나를 그곳에서 망설이게 하네

그 사람의 말 없음에, 사랑을 잃고
내 젊음이 사라졌네

객지

내려질 예정이라고 해서
5시에 서둘러 검은 코트를 입고 퇴근하고
곧장 사거리 코너를 지나고
눈 내리는, 눈이 길을 덮은 길 위에 눈이 쌓여가는
눈이 휘날리는 (금요일) 5시 20분쯤일 저녁을 걷고 있다.
10분쯤 전에 그 술집 앞을 걸었는데
지금 인도 가엔 여관이 있고 가로등에서 불빛 내리고
건물 안팎과 쇼윈도 속에서 불빛 흐른다.
눈발이 거세게 흩날려서 내 앞을 사람들이 흔들거린다.
그리고 나는 불안하다, 빨리 가야 한다.

안 갑니다, 광주행 버스는. 대설주의보 내려서,
순천 버스 터미널 매표원의 말을 듣고
내 심장 뛰는 소리를 듣고
안 갑니다, 광주행 열차는,
순천역에서
매표원의 말을 흘려내고
핸드폰으로, 오늘 광주 못 가요, 말과 사정을 전하고

역 문밖의 5시 40분을 지나간 눈 내리는 밤을 보았다.

객지에 밤에 내가 있어서,
나는 눈 위에서 발이 빠져도 그 여관 앞을 지나갔다.
길을 밤을 걷고 있다.
아버지랑 23년 전부터 2년간 고향의 여관에서 살았지만,
아버지랑 내가 여관에서 함께 잔 건 그 밤뿐이지만…….
나는 고향 광주에서 순천까지 통근하는 신세여서
오늘 그 술집 있는 이 거리를 걸었지만
다시 이 거리를 걷고 있다.

어머니는 아프고 고향을 떠나 사는 건 싫다 했다.
어머니랑 반전세 셋방에서 사는 까닭에, 나는 돈이 없다,
순천에서 살 돈이 없다. 하지만
지금 인도 가엔 그 술집이 있고 가로등에서 불빛 내리고
내가 선 인도로 쇼윈도 속에서 불빛 흐른다,
상점들에서 불빛들이 가지런히 흘러나오고
모르는 사람들이 그 술집으로 방금 들어가고

눈보라가 나를 스쳐가고 눈들이 내 코트에 달라붙고
밤과 눈보라가 소리 내어 흐르고
(미혼인) 나는 불빛에 비친 눈들이 보기 싫고
아는 사람하고 그 술집에서 이야기하고 싶고

객지의 밤이 두려워서
―함께 술집에 있고 싶다.
　9시 30분부터 10시까지 사거리 코너에서 서 있을게.
문자메시지를 유일한 친구 차상우 선생에게 막 보냈다.

사거리 코너에서
본 거리들에 불빛 흘리는 상점이 드물다. 그리고
사거리 코너에서 나는 12월의 이 금요일, 밤인 지금
코트에 눈들이 붙어 있고, 발 시리고 추워하고 불안하다.

내가 잡아줄 테니 여관에 가서 자게.
내가 밤에 함께 잔 여관에서
나는 뜬눈 아버지의 죽음을 보았다, 아침에.

30대 때 배 타고 가다 안개주의보 폭풍주의보 내려서

내가 혼자 두 번의 밤에 간 완도의 여관에서

복도를 밟고 사람의 발소리가 사람의 눈이

내가 혼자 있는 여관방에 다가가서

나는 뜬눈으로 귀를 세우고 불안하게 심장이 뛰고…….

친구를 보내고, 10분쯤 서 있었을까?

핸드폰 시계가 10시를 막 넘었기에

사거리 코너에서 걸음을 옮기고 있다. 그렇지만

폭설과 눈보라 속에 밤에 내가 고독하게 길에 서 있는,

길을 걷는 세상은, 도시는, 객지는 아름답지 않다.

지금 객지에서 나는 움직이는 불안과 비애다

48살이나 되었어도 돈이 없어서.

발을 다쳐서
— 마음과 시공간의 잔상 4

여기 돈 넣어둘게요.

유리컵 속으로 백 원짜리 오백 원짜리 동전 몇십 개를 넣어

누워 있는 어머니께 드리고 창고 옆 좁은

빈 곳으로 간다.

슬퍼서

노래 부르는데, 동생이 애절한

마디를 따라서 부른다.

누나가 곰팡 난 무를 물로 씻어내자

일거리 없어 주방에서 내가 나왔지만

옆방 배불뚝이 남자와 부딪칠까 봐

방문 앞에서 시선이 돌아간다.

이사 왔다는 부부인지 마루 앞 평상에서

삼겹살을 구워 먹고 있다.

화목하게 대화를 나누는 것

같은데 TV 소리와 버무려져

내용 알 길 없다.

남자 노랫소리가 간드러지게
구부려지면서 애절하다.
트롯 목소리가 구슬프구나. 맑지만
욕구 충족이 안 된 걸까.
발을 다쳐서 정을 나누었던 일 그만두고
어려워졌다, 담배나 술 심사가.

노래를 마치고 평상에서 마당에 내려서는 얼굴이,
자그마한 몸이
절름거리는 나를 재촉한다.
"경준아!" 목소리에
"형님! 여기 사세요?"
"일하러 가는 거야?"
"일자리 구하러 가요."
말이 잠시 흩뿌려지고,
허약한 사람이 꼿꼿이 걸으며 대문을 나선다.

프로그래머 일에 실패한 걸까?

점심을 먹고 어디로 가는 걸까?

이슬비가 내리는데. 이슬비가 내리고 있어.

공간이 맑아 마음이 가라앉는 듯 침잠한다.

허약해도

공간이 샛맑아 낮은 집들 풍경이 아름답게 선명하다.

유동 거리의 유월 밤비를 맞고

신 살구 같은 유동의 유월 밤비 속을 49살인
나는 걷고 있다. 불빛 흘리는 상점들이 비에 젖는데

돈도 사랑해줄 사람도 없어서,
나는 은행 앞 우체통 앞에서
떠오른 전당포 같은 어두운 곳 슬픈 눈의 형상을,
케이크를 떠올려 가려버린다.

나는 은행 현금지급기에서 돈 5만 원을 찾고는,
제과점 속에서
떠오른 전당포 같은 어두운 곳 슬픈 눈의 형상을,
쇼윈도 속 케이크를 돈 주고 사면서 가려버린다.

그럼에도 나는, 가난하여
나의 결여로 인해 조직에서 소외되어
전망이 흐릿한데도, 살아가려고 한다.
나는 퇴근하면, 순천 터미널에서 광주행 버스를 탔고

도착하면 시내버스를 탔고 유동에서 내렸다.

그런데 오늘 나는 유동에 오자 유월 밤비를 맞고 걸었다.
사람들이 흘러가고 2층 카페 스토리가 흘러가고
불빛 흘리며 상점들과 돈과 차들이 흘러가는데.
전당포 같은 어두운 방 슬픈 눈이 다시 떠올라서,
방 안에서 어머니가 아파서 곧 세상을 떠날 것 같아서,
나는 결여가 있어서 괴로워서, 어리석어서,
신 살구 같은 유동 거리의 유월 밤비를 맞고 걷고 있다.

광주 유동 박제방(光州 柳洞 朴弟方)

그끄제 극락강 건너 한방병원에서 어머니 약을 짓고
무등산을 보고 광주 유동 박제방에 함께 돌아왔는데.
크리스마스 낮말 흐른다. 작년, 올해는 애들이 뜸하구나.
스물일곱 살 소안의 해언이, 해남의 두석이, 오진이,
스물세 살 목포의 아련이, 은자는 취업 준비하고,
스물두 살 민구는 군대 갔고 순천 선아는 알바해요.
퇴근하여 지난밤에 검정콩 두유 한 박스를 사 오고
조금 전 케이크를 사 온 아들의 말을 듣고 바라본다.
세탁소 아저씨가 걱정하더라. 허리를 오십일로 줄이면
볼품없어서 니 바지를 오십육 그대로 뒀다고. 그게 뭔 말
이다냐?
물음에, 그대로 뒀으니까 걱정하지 마세요, 하였지만
어머니는 고독하다. 2년 전, 주말에 오후 5시에 내가
외출하여 밤 열 시 넘어 대학생인 20살, 21살, 25살
젊은이들과 혹은 남학생 한 사람과 방에 돌아오면,
음악이나 말소리 흐르는 시간에 커피를 갖다주고
바로 옆방에 갔을 뿐. 아침 식사 후 손님이 나가고
내가 창 없는 방에서 세 시에 나가 네 시쯤 돌아오면,
마당엔 고양이가 밥을 먹는데, 감나무 있는 화단의

꽃나무 화분들에 손길을 주고 있을 뿐.

쉰이 되어도, 애가 너무 가냘프니! 너무 쓸쓸하지?

일을 해도 빚만 늘고 셋방살이하는 게 미안하다.

내 약 값 대느라 니는 약도 제대로 못 짓고! 애틋하구나.

방학 땐 살찔 거예요. 케이크 어서 드세요. 방에 갈게요.

책, 테이프, CD가 꽂힌 3면의 책장, 녹음기가 닦였고,

아들이 들지 못하는 두꺼운 이불이 다시 깔려 있다.

백화점 건너편 2층 스토리 카페에서 대화하고,

캄캄해져 학생이 아쉬워하면 술집에 간혹 노래방에 가요.

말한 적 있지만, 밤 열 시 넘어 박제방에 시간을 만드는,

일곱 젊은이와 커피를 갖다 놓는 어머니가 떠오른다.

사랑을 찾거나 인생을 고민하거나 사회를 말하여

고독을 잊게 하는 젊음, 인간적인 젊음을 좋아할 뿐,

나도, '고독'이란 단어를 모르지만, 어머니도 고독하다.

어머니는 내 몸을 걱정하고, 나는 어머니의 아픔을,

운동을 하기 어려운 자신을 불안해한다.

예전엔 주빈, 인수, 진수, 세상을 떠난 재원·점식·상일,

윤보현 선생, 운동하는 사람이 박제방에 시간을 만들었는

데.

소안도에 태풍 불던 날, 날아가지 않게 냉장고 붙들고 있
어라

해놓고 범민련 사건으로 11월에 수감되었던 큰형*이 밤
에 박제방에 왔는데.

애야! 크리스마스 밤소리 나, 불안하게 새벽을 걸었다,

그러나 순천에서 퇴근하고 간 입원실에 어머니가 의식이
없다,

귀가한 박제방에 말소리, 음악 소리가 없다.

혼자 있는 밤들 밤의 소리를 무서워하여도 해가 바뀌었
고, 2월에

혼자서 공존을 도모하고 나는 꽃나무 화분들을 챙겨

광주 유동 박제방을 떠났다.

* 큰형 : 박석률(1947~2017). 민주화운동가. 혁명가. 민청학련 사건
  (1974), 남민전 사건(1979), 범민련 사건(1995)으로 투옥됨. 남민전 사
  건의 무기수였음.

시와 의식

시를 쓰고 싶어요. 충일해야죠.
내가 시를 썼는데, 눈뜬 어머니가 의식이 없네요.

　시는 감정인데.
　시는 감정으로 써야 하니까 만들지 말라.

　문자가 이미 나를 가두었는데
　그런 시가 나올까?

근데 색깔이 세 개가 있네!
색깔이 하나만 있는 세상이 있을까?

목소리가, 음색이 하나만 있는 사람이 있을까?
세상에 숨지 않는 사람이 있을까?

시를 쓰고 싶어요? 한 색깔의 목소리만 가지고?
눈뜬 어머니 의식이 없어도? 세상에 숨지도 못하면서?

제2부

청산청산별곡

청산청산별곡(清算靑山別曲)
— 감시(監視)

두 이어폰 아래 가방을 멘 채로 어제처럼
목포행 버스 내 옆좌석에 앉아버린 이 청년은?
"승차권 확인하겠습니다."
월권* 승차권을 가졌군, 나처럼. 가난한 사람이로군.
흰 반팔 와이셔츠에 늘씬한데, 기간제 교사?
스마트폰으로 게임을 하네! 이른 아침에.
스마트폰, 인공지능, 스티븐 호킹,
"저는요 스마트폰 없으면 하루살이, 하루도 못 살아요.
제발, 뺏지 마세요." 갈구하던 그 소년! 수업 중인데,
두 이어폰 아래 스마트폰 가지고 놀던 공고 1학년들
중에서 청계면(清溪面)에서 통학하는 며칠 전 그 소년.
귀로에, 사람들 북적이는 그 시장 길에 갈까?

두 이어폰 아래 가방을 멘 채로 5시 30분
광주행 버스 내 옆좌석에 앉아버린 이 아가씨는?
"승차권 확인하겠습니다."
월권을 가졌군. 50대인 나처럼, 가난한 사람이로군.
반청바지에 팔뚝이 통통한데, 대학생?

은 아닐 테고, 흠, 스마트폰 페이스북에 사진 추가하고.

스마트폰으로 카카오톡을 하네.

스마트폰으로 별일을 하고 사람들 말을 보는군.

―4시간 일하고 5시에 교대, 지금 퇴근 버스 안.

　하루살이가 팍팍해ㅠ

파트타임직인가?

시골 사는 그 소년은 공고 졸업하면 어디서 살고 싶을까?

스마트폰 가지고 파트타임 일 하여도

돈 많이 흘러가는 대도시에 살어리랏다일까?

얄리얄리 얄라셩 얄라리 얄라

모르는 사람들이 걷거나 움직이는 말바우 (인도) 장길,

차도를 앰뷸런스 사이렌 소리 달려 불안하게 하네!

그렇지만 북적거려서 이리저리 살펴보며 걸어야 해.

차도 옆 인도 가에서 아줌마가 하지감자 장사를 하네?

"이만 원이라? 아저씨, 그렇게 팔면 나는 못 살제."

"아줌마, 그렇게 안 하면 안 살 건데……?"

안 사면 못 먹고 살 테지!

살어리 살어리랏다 흥정해서 감자랑 먹고 대도시에
살어리랏다 그렇지. 얄리얄리 얄랑셩 얄라리 얄라

네 사람과 없어져버린 나

그 교실에 들어서면 갈 길이 어디로 가버렸는지!
오늘도 출근길에 시골 공고 그 교실이 떠오른다.
사람에, 사람들에 부딪쳐
잇따른 갈림길에 서게 된

사람이, 사람들이 사람을 꺼려
생긴, 취업의 꿈 잃어버린, 길에서
2년 전 소도시 공고, 15년 전 시골 종고에서도 생각한
국어 교사인 나의 존재의 상관없음!

나는 어디로, 무엇으로 가야 하는지……

그 교실에 들어서서 군청색 수트 나는
수시로 말을 하면서도 어떤 사람에겐 들어줄 말을
하지 못해서 정체성이 어두워진다.

나는 말을 해야 하는데
네 말 따로 내 말 따로

한 귀로 듣고 한 귀로 흘려

버려지는 나와 말

네 사람 내 사람 분리된 채 흐르는 시간 그곳,

사람을 피하는 사람을 보면

곧 내 마음에 파동치며 흘러간다.

말 버려짐의 아픔!

하동포구

― 일어나자 곧 시(「하동포구」*)를 읽고, 사(思) 문병란

무슨 짭짤한 눈물도 발자국도 없이 쫓겨온 사나이
삼학소주 한 잔에 취해서 하동포구로 온 사나이
어렵게 살아온 젊은 날 족적 한 점
그러고는 무자비한 허위의 시대에 또 족적 한 점
무심한 햇살만 남아 있는, 위축되고 병들 수밖에 없는
시대를 따라 한 시인이 혼돈에 빠져드는
예상치 못한 혼란스러움
밝은 날… 좋은 날… 그리며 어디론가 갔을 한 시인의 족
적
조금씩 절망하고 이젠 몸도 아파
카프카처럼 죽음을 응시하고 이젠 자기와 헤어질 시간

* 「하동포구」: 문병란(1934~2015) 시인의 시. 나는 화답시 「하동포구」
  를 써서 답장편지(2015.8.5)에 삽입해 보냈는데, 문병란 시인이 9월에
  세상을 떠났다.

축제

　— 대인예술야시장에서

불들이 켜진 대인예술야시장
낮엔 없었던 길,
사람들 북적거리는 길이 만들어졌군.
빵 굽는 냄새 나고
가판대마다 상품들을 내놓아, 더디게 걷는데
뭔 소리지?

꽹과리 징 북 장구
소리들이 음악이 되어 귀와 눈을 자극한다.
엉덩이 뾰족뾰족 흔드는 사람들
각설이 춤인가? 육자배기인가?
보고 갈까
마음을 움직이네.

사람들이 줄 서 움직이는 게 뭣 때문이지?
사고 있군. 시장통 빵 굽는 노점에서
사랑스러운 빵을.
가난하여 고등학교 졸업 못 한 계범*이가

배추 팔던 곳이 근처인데.

시장까지 찾아와서 기다렸다 사 가는

사랑스러운 빵……

먹고 싶으니 사 오라 한 빵이

목에 걸려 여관에서 아버지가 죽어버리고

가만가만 봄비가 내리던 84년

묻고 떠나는 묘지에서 알았지.

자유와 정의를 지향한 두 아들*이

남민전 사건으로 갇힘과, 가난이

아버지에게 슬픔을 일으켰다는 걸.

빵! ……미안하다! 제과점 밖에 서 있는 '그 애*

문득 겹쳐지네.

제과점 속 고교생이 빵 먹는 장면과

빵은 전학 가는 걔만 사주세요, 라는 87년 끝 무렵 말도

떠오르고.

6월 항쟁* 때도 만난,

목포 시장통에서 어머니가 노점상 한다는 '그 애'.
밴드의 굉음에 정신을 차리고 얼굴을 돌린다.

시장통 길가에서 시 낭송을 감상하고
꿈틀거리는 감흥에 젖어 길을 걷는데
후드득 쫙쫙
소리가 나네. 쏟아지는 봄밤 소나기
축복의 술 한 잔 생각나게.
비 피해 곧장 전통시장 술집 속으로 몸을 넣는다.

* 장계범 : 1980년 5 · 18 민주화운동에 참가한 친구.
* 두 아들 : 남민전 사건으로 1979년 11월에 수감된 박석률(무기형), 박
  석삼(15년 형).
* 그 애 : 제자인 박재원(1971~2002) 열사. 학생운동가. 학생운동을 하
  던 중에 입대하여 고문당함. 그 후유증으로 사망함.
* 6월 항쟁(6월 민주항쟁), 1987.6.10~1987.6.29.

밤과 나와 담배가
멈춘 시간, 어느 날

8월 말 퇴직을 희망한 나는 8월 3일에 선택했다, 2년 전
사진을.

2014년 7월 토요일, 서울 집회 참석 후인 밤 11시 45분
휴게소 컴컴함 속으로 전세버스에서 나온 빛들과,
밤과, 차 문 앞의 나와, 불빛 내는 담배가
멈춘 시간을.
그 밤에 나는 생각했다.
어떻게 말을 해야 할까 당신에게, 강렬히 느낄 수 없어*
내게 남은 게 없어, 떠나야겠어.

사람이 그리워서, 나는 8월 3일 오전 6시 30분에
페이스북에 제목을 달아 그 사진을 게시했다.
  밤과 나와 담배가
  멈춘 시간, 어느 날

  시간이 멈추었다고요. 과거. 현재. 미래~~
칼국수 식당 여주인은 재료를 아는 만큼 나누고 잘랐다.
  혼자서 웬 폼을 ㅋㅋ. 토요일엔 왜 꼴도 안 보인 거요?

내 삶을 거의 모르는 고교 후배 송 시인은

과거로 들어갔다. 후배는 금요일 아침에 보낸

　문학반 출신이 아니어서 참석 안 한다.

는 내 메시지를 안 본 걸까?

8월 말 퇴직은 어렵다는 말을 전날 관계자한테서 들었다.

　세상을 버릴 듯한 저 날카로운 눈빛

　눈빛보다 약하게 타는 담뱃불이 더 강렬해 보이오.

　친구 조 시인의, 그 사진을 찍은 조합원의 댓글을 낮에 보

았다.

　두 사람에겐 퇴직하겠다고 몇 달 전 말했었다.

나는 내 글에 오후 8시쯤

　그리운 사람 그리워질 만큼만 시간을 두고 싶어서.

댓글을 달고, 집 옆 산책로로 갔다.

어떻게 말을 해야 할까 당신에게, 강렬히 느낄 수 없어*

노래 소절들이 소리 없이 흘러간다. 밤 10시 다 되어

산책로에서 돌아와 컴퓨터에서 그 노래*를 찾았다.

간혹 우울한 음색으로 나를 흐르지만

우울한 나를 가라앉혀서.

핸드폰 소리가 났지만, 다시 난 후에 열어본다.

　　담배도 타고 속도 타 보이구만요.

　　너를 보면 어째서 소주가 먼저 다가온다냐?

서클 후배의, 형근 선배의 댓글이 있다.

나는 그 노래를 감상한다. 떠나고 싶다, 해온 일에서.

멈춘 시간, 어느 날이, 글, 영상이,

말을 담고 있어서 과거로, 현재로, 미래로 향한다.

멈춘 시간, 어느 날이 3년이 된 오늘, 2월 말 퇴직을 한

나는 집에 있다. 사람 그리워하지만 발을 다쳐서 그냥.

* 어떻게 말을 ~ 없어 : 록밴드 조지 베이커 셀렉션(George Baker
  Selection)이 1974년에 발표한 노래
* 〈I've Been Away Too Long(너무 오래 떨어져 있었어요)〉의 한 구절임.
  "How can I say to you/No I can't feel so strong."

주의해야 할 인물의 명단

"블랙리스트?! 너도 살아봐서 알겠지.
나도 수배당한 적 있다만,
사람이 집에만 있다냐?"
말 들어야 할 사람이 목욕하러 들어가버려서,
뒤따라가면서 "감시와 거짓말을 웬만히 해야지."
라고 토한 말은 옷을 입고 있는 나라도 들을 수밖에

탄핵, 촛불집회, 듣기도 싫은 이름 따위가 떠올랐지만
바로 물리치료 받고, 편지함에서 가져온 것이
이상하다, 대사증후군 주의 단계라니? 저체중인데.
위험 요인 1가지를 보유하고
있다고? 높은 혈당?

문화예술계 블랙리스트*에서 확인한 때처럼
건강보험에서 주의시킨 게 기분 안 좋아서
사람들 만나러 나간다.

피로해서 열 시 안 되어 눕고 곧 잠들었는데,
'이상하다, 옆구리냐 허리 위냐? 신장 근천 것 같은데.'

결려서 돌아눕는다.
마지막 갈비뼈가 아프고 뭉툭 튀어나온 것이 손에 느껴져
일어나 불을 켠다.
시간이 새벽 세 시이고 방바닥에 종이가 있다.

복부가 홀쭉한데, 대사증후군 생각이 난다.
'탄핵안 가결한 날, 10일, 11일 날 무리했나?
12일에 건강진단을 했는데.
신호일까, 주의하라는? 흠! 조심해야지.'
원인 분석 제대로 하고, 해결 방안을 찾아낸 것 같다.

불을 끄고 다시 자리에 눕는다.
일어나 보니 아침이 이미 지나고
TV에서 블랙리스트 관련 뉴스가 또 나오고
입 싹 씻고 말을 돌리는 사람이 나오고 있다.

* 문화예술계 블랙리스트 : 2014년 6월 2일, 문학인 세월호 시국선언
  754명 명단. (박석준 포함)

떠나야 할 사람은 빨리 떠나야

월요일까지가 제출 기한이라는데,
금요일 아침 아홉 시, 1월 눈발이 휘날리고 있다.
접수를 했는데 잘못됐다고 해서
마감 날 가까스로 서류를 고쳤던
12월의 일이 생각난다.

'어떻게 될지 모르니 지금 나가야 해.'
결심하고, 택시 운전하는 동생을 부를 작정을 한다.
동생이 일 보러 외출했다면 어쩔 수 없다.
상태가 안 좋으나 택시 불러서라도 갈 수밖에

서류 제출 처리를 하고, 아직 눈발이 세차지만
시골 학교를 빠져나오니 마음이 홀가분하다.
'폐를 끼쳐선 안 되지.
사람들이야 어떻게 되건 나만 생각해선 안 되지.'
식으로 내가 떠나는 이유를 생각해볼 만큼.

동생 차에서 흘러나오는 정국에 관한 뉴스에

미쳤어! 말할 수가 없구나, 그것들!
이라고 동생에게 생각 털 만큼.

국정농단, 더럽고 추악하고 독물 먹이는 짓에
촛불집회, 탄핵으로 사람들은 마음을 정했는데.
퇴직을 할 나, 퇴직 후의 돈 벌 일을
아직 생각하지 못하지만.
떠나야 할 사람은 빨리 떠나야 한다.

기대한 까닭에 앞에 있는 사람에게

무언가 좋은 것이 있기를 기대한 까닭에
앞에 있는 사람에게
두려워짐 꺼려짐이 생기지 않아야 할 텐데
말소리가 바람 거슬러 지나가는 듯하다.

이 시간엔 여기까지만 할까요?
네, 쉬어요. 핸드폰 해도 되죠? 화장실 가도 되죠?
시끄러운 소리 내지 말고
허락 없이 밖으로 나가지 마라.

마음이 끌리어 핸드폰에, 먹을 것에 손이 간다.
핸드폰에 종이에 관심하는 그림을 그리고 있다.
너하고 애랑 같이 하는 게임이니? 네, 개 재밌어요.
맛있겠다! 네, 맛있어요. 드셔볼래요?
너도? 만화 그리는 거야? 아뇨, 일러스트.

수업 후의 휴식시간을,
재잘거리고 소곤거리고

만화를 보고 화장을 하고 엎드려 눈을 붙이고 먹고
핸드폰을 살펴보고 가지고 놀고
핸드폰으로 노래 듣고 소통하고 일러스트를 만들고
식으로 보내는 17세의 아이, 넌 날개가 파란색이다.
날다가 바람 만나
푸들거렸던 넌 그래도 날개가 파란색이다.

시끄러운 소리 내지 말고
허락 없이 밖으로 나가지 마라.
17세의 아이, 넌 예뻐. 잘생겼지.
넌 목소리가 파란색이다.
멋있는 소년, 아이야. 나는 너의 일상 모르지만
가르치는 사람의 목소리를 들려줬지.

그런데 내게도 나의 목소리가 있어.
말 건네온 사람에게 내는,
만나야 할 사람 만나서 나오는,
만나고 싶은 사람을 만나면 내고 싶은…….

택시 안에서

네 사람이 승차한 후

셋이 말을 섞을 때 음악을 감지한 나는

노래에 빠져들었어, 몽상을 믿는 젊은이처럼.

길가 가로수 찾아간 사람은 없었을 테지,

택시가 길가에 건물들, 사람들을 흘리고 흐르는데.

7시에 핸드폰 알람 소리가 음악 위에 살짝 스치고는,

한 젊은 얼굴 젊은 목소리를 떠올려냈어.

갈게요, 6시 반에 전해줄 것이 있어서,

7시 전에 전화할게요.

사십 대 말에 심취했던 음악이 목소리를 흘리고 흐르는데.

한 가수가

낮다가, 조용하다가, 귀엽다가, 우울하다가, 맑다가, 절규

하다가

꿈꾸는 듯 목소리를 변색하네!

"한 노래에 여러 색깔로 목소리가 흘러가는군!"

절로 말이 나왔지.

그러네요, 형. 시인도 음악을 들을 줄 알아야 하는데.

박이 음악 들으면서 말을 섞었는지 반응하는 말을 했어.

난 관심 없어. 먹고살 일도 바쁜데, 안 그러요, 기사님?

조가 반발하는 말 했으나, 기사는 아무 말소리 없었어.

장이 혼잣말하기에 도취해,

그건 내 전공이라니까……, 자기 소리만 뿌려댔고.

음악이 바뀌었지만, 두 소리에 별맛을 못 느껴

나는 창유리 밖을 살폈어.

길가 건물들이 멈춰 서고,

한 택시 안에서 다섯 가지 목소리가 흐르던 시간에서

5월 말의 길가로 내가 나왔지.

나 왔어요, 하는 젊은 목소리가 소리 없이 뇌리와 길에 흐

르고는,

칠해가네! 그리운 젊은 시절의 여러 색깔을,

몽상을 믿는 자*를 부르는 젊은 목소리가 내 뇌리에.

우린 조의 말을 따라 풍암동 좋은 술집 찾아가는데.

* 〈몽상을 믿는 자(Daydream Believer)〉: 몽키스(The Monkees)가 1967년
  에 발표한 노래.

네 사람과 없어져버린 나

— 마음과 시공간의 잔상 5

크리스마스이브, 파산하여
아내와 이미 헤어진 프로그래머, 후배 경준이
백만 원을 전하려고 찾아간 나에게 세 든 낡은 방에서
"돈 있는 놈이 내 걸 도용했어요.
내 삶에서 내가 가장 하고 싶은 일인데."
하고 곧, 서울로 가겠다고 오후 5시경에 길을 떠났다.

비 내리는 충장로 우체국 사거리에 우산들이 떠내려온다.
시끄러운 스피커 소리, 마이크 소리, 사람 소리.
"아저씨, 돈, 천 원짜리 있죠? 한 장만 넣어주세요."
소리, 짤랑짤랑 종소리, 구세군 자선냄비 든 청년이
내 중절모와 목발 앞으로 달려왔다.
채권자처럼 서 있다. 천 원이 떠내려가고
네온사인 광고가, 쇼윈도 불빛, 찬란한 돈이
비 내리는 번화가 사거리에 빛 받는 트리들이 떠내려온다.

오늘 내가 가난하고 허전하고 미혼이고 씁쓸해도.
"하느님을 믿어야 병이 낫죠. 이 사람 좀 보세요!" 소리,
눈앞에 온 얼굴이, 동네 사는 노파가 왜? 여기서.

"얼마나 죄가 많으면 몸이 이렇게 빼빼하고 얼굴에
어두운 빛만 남았겠어요? 젊은데. 다 회개해야 합니다!"
내가 아프다고 했는데 전도를 하다니, 왜?
너무 비참한 모습이야! 불쌍하다! 말이 소용돌이쳤다.
바로 건너편에 제과점이 보이는 우체국 앞 사거리에서

사십 대일 검정 털 코트가 꽤 내 얼굴을 보더니
"아빠는 스무 살 때 배우 제임스 딘처럼 살고 싶었지."
말소리를 낸다. 산 케이크를 들고 걸어가는 소년과 함께
즐거워하며 말을 뿌려대면서 거리에 걸어가는 화목!
제과점에서 데이트하는 어린 청년과 아가씨 앞의 주스!
시골보다 도시가 겨울 정경의 흔적을 인상 깊게 남긴다.

우산과 사람들이 트리들을 지나는 비 내리는 거리에
찬바람 속에 있는 이브, 내가 무얼 잃어버린 것 같다.
죄가 많다고? 결혼을 하지 않아서? 일하지 않는데
퇴직 연금, 돈은 나와서? 아프고, 가난하고, 믿지 않아서?
살아온 육십 년이 거리에 흩날리는 폐지 같다.

동행(同行)

이 7월에 문득 떠오르는 것은
정전협정,
말이 넓어지고 말을 한층 자유롭게 하는 그 세상에 살
사람의 얼굴이다.

이 7월에 문득 생각나는 것은
한반도,
눈을 마음껏 뜨고 눈을 깊게 바라보게 하는 세상에 살
사람의 눈이다.

이 7월에 문득 고민하게 한 것은
관계,
나라와 나라 사이의 관계,
동행 혹은 두 나라 사이의 관계가 없어지는 통일
그런 세상에서 살아갈
사람의 말이다.

이 7월에 문득 그리워하는 것은

내가 지키던 지난날들
휘몰아치는 시절에 투쟁하는 사람들,
사람의 모습이다.

이 7월에 다시 돌아보는 것은
자본의 힘과 아직 비정한 불감증을
벗어나지 못하는 세상,
지금 세상에서 나는 무엇이며,
통일은 또 무엇이어야 하는지…….

핸드폰과 나와 쐐기가 걸어간 오솔길

잘 쓸 수 있게 해줄 테니까,
한 형이 어제 아침에 내 핸드폰을 손대놓고 바로
서울 간다고 집에서 나가버렸다. 이내 살피는데,
핸드폰의 메시지, 페이스북이 움직이지 않는다.
껐다가 시도하고 오솔길에서 시도하고 다시 반복해도
지금도 변화가 없다. 형을 원망했지만 답답해진 채,
나는 한낮에 가게로 가는 오솔길 따라 급히 걸어간다.

공유기 불이 들어왔나요? 안테나가 떨어졌네요.
생각지 못한 것들을 지적한다.
임시 조처했지만, 집에서 또 안 되면 핸드폰 교체해야죠.
80만 원 들었는데, 3년도 안 돼서 교체해야 한다고요?

가게에서 나와 집 쪽으로 걸음을 재촉하고 있다.
언제, 왜 안테나가 떨어진 걸까? 안테나를 조심해야겠어.
집에서 안 움직인다면? 새로 사야 할 텐데, 연금이……
생각이 번지면서 핸드폰이, 돈이 나를 불안하게 한다.

집으로 가는 오솔길에서 전방 움직이는 검은 것이
곤색 잠바 나를 멈칫하게, 다가가게 한다.
쐐기가 걸어가네?! 급히! 오솔길을 가로질러.
밟아서는 안 되지. 그런데 왜 저놈이 길을 걷고 있지?
떨어졌나? 떨어져 다친 걸까? 나무가 싫어졌나?
떠올랐다, 쐐기가 있었을 법한 나무를 살피다가,
살충제를 뿌리는, 관리실 젊은이의, 조금 전 모습이.

쐐기가 무사히 오솔길을 걸어, 풀밭으로 들어갔다.
다른 나무로 갈까? 혹시 나무 옆 아파트로 갈까?
신경 쓰였지만 앞 아파트로 가려고 오솔길을 걸어간다.
핸드폰이 움직이네! 집에서! 이상하다. 마음이 편안해.

제3부

의지와 표상으로서의
세계이니

산책을 하다 비가 내려

밝고 가볍고 느긋한, 그런 시간은 잠시였어도
산책하다 비를 본 사람이 생각하겠지.
산책을, 비를, 우산을, 갈 데를, ……

이게 콩이란다.
콩이에요?
콩이란다!
어린이집 아이 다섯이 쪼그려 앉아 있다 일어서서
좋아라 하며
여선생님을 따라간다, 유모차 쪽으로 산책을 한다.

그 시누이 말이야.
여자 셋이 걸음을 빨리하며 팔 흔들며 대화를 나눈다.
행인들이 앞지른다, 애들을, 아기를.
시간을 쪼개 삶을 만들어가려는 걸까?

산책을 하다 비가 내려,
선생님과 아이들이 뛰어온다,

행인들이 빠른 걸음으로 돌아온다,
엄마가 유모차 돌려 걸어온다.
비를 맞고 사람들이 걸어가고
산책로 가 빨간 장미꽃들이 젖어간다.

밤과 더 깊어진 밤

나는 둘이서 만나 이야기하고 싶다는 메시지를 전했으나
친구는 단둘이 만나는 건 싫다는 뜻을 전화로 내비쳤다.
나는 장에게 그곳에서 전화하라고 전하고, 택시를 탔다.

친구가 안내한 코너에 시인과 술병들, 술 따른 잔들.
10분쯤 후 전화를 받고, 나갔다 올 테니
이야기들 나누라고 친구가 부탁했다.
"선생님 작품은 어법과 도시적 제재가 독특해요."
시인의 말이 몇 분 후 막 끝난 후, 내게 전화가 와서
나는 그곳에서 장에게 말을 자제하라고 당부했다.
"안 좋은 대 나왔어요.", 장흥 무슨 고 나왔소?
장흥서 내가 9년 근무했는디, 전설이었제. 두현이랑……
진도서는 어쨌는 줄 아시오? 내가 6월항쟁 땐……
취조가 끝났으면 상대방 말을 들어야 할 텐데,
장은 왜 혼잣말할까? 내가 그 신을 발로 건드려도,
시인 손이 핸드폰에 다시 가도, 혼자 술을 마시면서.
다른 사람도 말을 해야 하지 않소? 내 말을 장이 죽였다.
민주당 애기들, 2년 전만 해도 내가 부르면,

하고 더 가려던 장의 말은

도대체 왜 이러는 거요?

갑작스러운 나의 큰소리에 놀라서 엉겁결에 넘어졌다.

나는 시인에게 죄송해요, 말을 하고 밖으로 나갔다.

자기 말만을, 자기표현 욕망만을 중시하여 사람을 통제한,

두서없이 과거로 간 장은 불안한 심리상태였을까?

상점들 불빛을 흘려내는 밤, 내 담배 연기 사이로,

다 피고 들어오게, 친구의 말이 흘렀다. 나는 심란하다.

"그분 좋죠. 어제도 만났는데.", "그 사람 안 좋은데?"

"여보시오, 왜 남의 말을 막아?"

말들을 듣게 된 내가 막 자리에 앉는데,

"이럴 줄 알았지. 방어막으로 꼭 이 사람을 데리고 온다니까!"

나를 질책하는 말. 친구 말에 나는 말하지 않았지만,

장은 말의 자유를 모르는 것일까?

네 사람이 어색한 시간에 침몰했다. 침묵이 잠시 흘렀다.

귀가할게요. 시인이 친구를 지나가고, 친구가 뒤따른다.

옆 테이블 사람이 막 돌아온 친구를 알아봤다.

친구가 인사시켜 합석한 그 사람이 자기소개를 하고,
장이 자기소개를 하고,
"이 친구는……, 그 여자랑 맺어주려고 내가……."
대변하여 남을 색칠하고 조제하고, 나를 어이없게 했다.
나가서 좀 쉬게, 한 친구가 곧 밖으로 나와서
귀가하겠네, 이야기는 다음에, 했다. 나는 술값을 냈다.
나는 담배 연기 흘러간 끝, 밤을 보았다,
나무를 보았다, 나무가 제자를 연상시켜, 택시를 탔다.

손님 홀로 앉아 있는 내 제자의 술집에 들어간 직후
장이 제자를 불러 뜬금없이 꾸짖었다. 제자가 가버리자
옆 테이블로 말을 걸어, 대화에 성공했다.
영광 가는 택시 불러 기다린다네, 소리로 나를 구속했다.
택시가 와서 세 사람이 나가고, 제자만 돌아왔다.
17년 전에 떠난 제자*이자 술집 제자 친구를 기리려고
17년 전에 심은 나무의 관리를 제자와 상의했다.
"근데 저분이 택시비 5만 원을 주던데, 왜 그랬을까요?"
장은 누구에게 말하러 온 것일까? 나는 술집에서 나갔다.

귀가하겠소. "같이 더 있고 싶은데, 안 되겠는가?"
나는 장의 심리를 더 알고 싶지 않다. "늦었어요, 너무!"
나는 한 사람, 더 깊어진 밤을 새기고, 택시를 탔다.

* 17년 전에 떠난 제자 : 박재원(1971~2002) 열사.

조제(調劑)

8월의 첫 토요일 오후 카카오톡에 E가

－예술의 거리 근처에 막걸리 마실 만한 데가 있을까?

－대인동식당은 깡막걸리만 마시는 곳이라…

라는 말을 12시 30분에 남겼다.

E 자신이 그 근처에 막걸릿집들이 있다는 걸 아는데.

E는 말을 왜 이렇게 하는 걸까?

뒷말이 딴 동네에 있는 '대인동식당'에 뉘앙스를 풍긴다.

－장사할지 모르나 그 거리에서 나와 꺾으면 술집 보임.

이라고 답했다. 그런데 E는 마이동풍.

－막걸리의 신, 태 옹이 잘 알 텐데…

－두 시에 홍 화백 전시회 관람하고 마시려고, 셋이서…

순서가 바뀐, 부적절한 말을 1시에 이었다.

부적절한 곳에 남긴 E의 말은 내게 생각을 불렀다.

우리 모임 구성원은 E, 태, 대인동식당 단골인 성,

대장인 나, 포함 7명이고, 나와 E 두 명만 화백을 아는데,

모임 채팅에서 E는 말을 왜 이렇게 하는 걸까?

뒷말이 '셋이서'에 뉘앙스를 풍긴다.

－옛 동아극장 골목, 연이네 집.

—대장 카카오로 통화.

태의 말들이 2시 35분에, 그 4분 후에 이어져, 나는
태가 미국에 있고 E의 메시지나 전화를 받은 적이
없음을 카카오 통화로 알게 되었다. 그리고 E는 3시에
—연이네 집이네, 화백과 담소 중

말을 던졌다. 뒷말 '담소 중'은 내게 생각을 불렀다.
사람은 생각을 하는 존재인데. 말로
타인을 통제하려는 욕망 때문에
쉽사리 말을 조제하고, 어떤 사람에게 쉽사리 슬픔을 준
E는 말의 비전문가였다.

세상은 나만 존재하는 게 아니어서

나는 돈을 빌려, 구두 신고 3월에 그 섬에 갔다. 나는 병약하고, 네 식구가 먹고살기 어려운 처지에 놓여 있어서. 나는 도시를 근무지로 선택했는데, 나를 그 섬으로 복직 발령해서.

그 섬은, 내가 그 섬에서 우연히 본 빨갛게 초록으로 보라색으로 변하는 안개가 신비해서, 내게 내 소유 카메라가 없음을 의식하게 했다. 해녀와 옷 가게는 존재하지만 약국, 중국집, 대중목욕탕이 존재하지 않는 그 섬을 나는 3년 후에 떠났다.

나는 5년 반 후에 도시로 가서, 모은 돈으로 백화점에서 최저가 새 양복을 샀다. 12년 후에 내 소유 디카를 샀지만, 사진가가 꿈인 가난한 아이에게 이튿날 줬다.

14년째 크리스마스 밤에 어머니가 쓰러졌다. 다음 날 오후 나는, 중환자실에서 어머니가 의식이 없다는 걸 알았다. 세상은 나만 존재하는 것이 아니어서 내가 슬퍼지고 내가 급히 의사를 만나고 일당 7만 원인 간병인을 구했다. 밤의 소리가 마루 앞 방문을 열 것 같아 내가 밤에 밤을 무서워하고 잠을 자지 못한 게 2월에 접어든 후 20일 넘는다. 혼자 공존을 도모하고 이사를 선택했다. 세상은 나만 존재하는 것이 아니어서, 나는 반전세 집에서 남은 돈 6백만 원과 3년 상환 대출금을 주고 월세 40만 원 반전세 아파트로, 근무한 지 14년 만에 이사했다. 그러나 15개월 넘게 집에 오지 못한 채 어머니가 병원에서 세상을 떠났다.

퇴직을 20일쯤 앞둔 22년 11개월여 근무하는 날, 병원비 대다 생긴 빚을 다 갚는 날, 새벽 나는 기분 좋게 출근길에 올랐다. 세상은 나만 존재하는 것이 아니어서 시골로 가는 시외버스 안에서 약 값, 적금 들기, 꼬마 모임, 퇴근 직후 조문 따위로 생각이 이동하면서 기분이 굴절한다.

퇴직 후에도 나는 구두 신고 길을 걸었다. 유월에 길 가다가 넘어져 발을 다치고, 8개월 후 왼 다리 근육이 약해졌다며 의사가 권해, 운동화 사러 가지만 나는 길에서 남의 신발은 보지 않는다.

다칠까 봐 보도블록을 주의하고, 길에서 물건 사고파는 사람을, 사람이나 차 따위의 움직임을 살피고, 상점 간판을 신중히 살필 뿐이다. 상점에서 나온 후 나는 길에서 남의 신발은 보지 않는다.

세상은 나의 신체와 의식이 소유한 것, 나 아닌 것과 그것의 작용 따위가 있어, 사람은 세상은 어떻게 존재하는 것인가에 관한 생각이 달라지고, 세상을 어떻게 살아갈까 하는 선택을 낳는다.

퇴직 1년 후 나는 누나 작은딸 결혼식장에 갔다. 내 1년 적금 5백만 원을 찾아 결혼 비용에 보태라고 줬었는데, 여자가 신부에게 꽃을 줬다. 피로연에서 신랑이 내 앞 컵에 소주를 반만 채우고 가버렸다. 내 앞 컵만 본 하객이, 물을 반만 채운 컵이 존재한다고 말하면 거짓말이 될 것이다. 하객이, 결혼식을 내가 보지 않았으니 이 결혼 당사자는 존재하지 않는다고 편견을 말하면 편견은 진실을 혹은 사람을 가릴 것이다.

세상은 진실과 거짓이 존재하지만, 안목이 없으면 생각이 없으면 내 마음대로만 수용하면, 다 보이지 않는다. 세상은 나 아닌 것과 타인이 존재하여, 내가 세상을 다 보지 못한다.

나는 슬픈 것도 가끔 방송 매체를 통해 시청한다. 가난한 사람들이 생활고로 우윳값 25만 원 밀려… 좌절해도 오늘처럼 죽어야 언론이 어쩌다가 뉴스로 다룬다. 개의 안락사를 언론이 뉴스로 다룬다. 연예인들이 음식을 즐기는 프로를 방송사가 주마다 방영한다. 개 주연 프로를 방송사가 날마다 방영한다. 세상은 불공정함이 존재한다.

세상은 나와 나 아닌 것, 힘과 작용, 일과 삶, 그리고 돈과 문화 향유의 충분과 결여 따위가 존재한다.

세상은 내 편견의 시도로 갈라진 타인들이 존재한다.

나 아닌 것, 타인을 무시하고 내 욕망대로 타인을, 나 아닌 것을 통제하는 세상은 불공평하고 좋지 않다.

세상은 나와 나 아닌 것의 움직임에 따라 달라진다.

슬픔

슬픔은 의도해서 일어나는 것이 아니다.

슬픔은 수용에서 일어난다.

슬픔은 나에게서, 나 아닌 것에서 일어나

나를, 나 아닌 것을 어둡게 하지만

슬픔은 나에게 있을 뿐이며, 상황에 있을 뿐이다.

슬픔은 상황에 내재한, 나에게 내재한 사정을 의식했을 때

슬픔은 상황에 내재한, 나에게 내재한 사정이 내 감정을 엮을 때,

나의 시력과 경험과 처지와 인지를 순간적으로 붙잡아 내게 일어난다.

슬픔은 눈물, 고독, 좌절 따위를 수반하고, 슬픈 일을 내 의식에 저장한다.

일이 벌어진 후 슬퍼질 때, 슬퍼할 때, '슬픈'을 생각할 때, 슬픔은 존재한다.

노동의 시간을 날개 아래에 감추고

주 52시간 노동을 말하고

취업에 어려워하고, 알바를 하고, 비정규직 파업을 하고

해고 노동자 농성 1인 시위를 공중에서 하고
노동 현장에서 노동자가 추락해서 죽고
먹고살기 어려운 생활고로 가족이 같이 죽고,
휴가를 해외로 가지만, 일본 여행은 감소했다 한다.

정부는 9억 이하를 서민용 주택이라 하고
나는 1억도 없어,
6억인 아파트를 5억 5천에 샀다는 선전에
슬픔을 느끼는데,
TV 방송에서는
사람들이 검찰 개혁하라, 공수처를 설치하라 하고,
기득권을 유지하려는 사람들이 공수처 없애라 한다.

그런데 슬픔이 일어난 사람, 슬픈 일을 본 사람은
슬픔이 쓸쓸함으로 기억되나, 슬픔의 바닥은 볼 수 없다.
슬퍼질 때, 슬퍼할 때, 슬픔을 생각할 때, 슬픔이 존재하
니까.

변신
― 통증

잠자리에 누워 있다가 손발이 아리다는 걸 감지하여,
손과 가늘어진 다리로 어제처럼 간신히 일어섰다.
절름거리며 걷고 의자에 앉고 잠자리에 눕는
일을 새벽 1시부터 7시간 넘게 반복하고,
의자에 앉아 감긴 눈으로 그레고르 잠자*를 생각했다.

2년 전, 퇴직하여, 길에 넘어져서 발등뼈가 깨진 탓일까?
나았지만 다리 근육이 빠져서일까? 심장병 때문일까?
감각 없는 다리가 누우면 이내 발가락부터 무릎 위까지
아려서 다리가 제대로 돌아오기를 기다리는 나는
잠자? 친한 사람들이 2년 전에 나와의 소통을 끊었다.

잠시 누운 나를 문 여는 소리가 몽롱하게 스쳐서,
8시 반에 출근하러 나간 막냇동생이 떠올랐다.
아프다면서? 막내가 전화해서.
큰동생의 목소리가 나서 본 벽시계 10시 10분.
일어선 다리가 어제처럼 통증이 사라져서, 불안하다.

내 다리에 깊어진 동맥경화로 통증에 내가 불안하게 산다.
저 잎들에 빨갛게 든 단풍에 한 나무도 불안하게 살 테지.
월요일 큰동생 택시로 병원엘 갔다 집 앞에 돌아와서
단풍 든 11월 나무를 본 62살 나는
무엇을 하여 인간으로 사는 아름다움을 남길까?
잠자는 젊은 날에 벌레로 변해 직업과 실존을 잃었는데
찾아오라 말 못 하고 방문객 없는데 실존하려는 나는.

* 그레고르 잠자(Gregor Samsa) : 프란츠 카프카(Franz Kafka)의 소설 「변
  신(Die Verwandlung)」(1915)의 주인공.

의지와 표상으로서의 세계*이니

"산다고 마음먹어라. 내일 새벽에 수술을 할 거다."
서 의사가 말하고 간 후, 이상하게도
마음이 가라앉아 침대 뒤 유리창으로 눈길을 주는데,
창틀에 파란색 표지의 작은 성경책이 놓여 있다.
'물에 빠진 사람이 지푸라기라도 잡는 심정일까?
나는 왜 지금에야 이 책을 삶과 관련하여 생각하는가?
나는 얼마 살지도 않았으면서 삶이 저지른 죄가 있다.
병실에선 사람의 소리가 삶을 생각게 하는데.'
그 성경책을 집어 넘겨보는데
'없어져버린 삶!' 이라고 생각이 일어난다.
'너는 수술을 하지 않으면 2, 3개월밖에 살 수 없어!
수술 성공할 확률은 1프로다.'
마른나무 가지들이 공간에 선을 그은 12월 말인데
살아 있다, 움직이는 말소리, 사람 발소리,
사람 소리를 담고 시공간이 흐른다.
사람의 소리는 사람의 형상을 공간에 그려낸다.
유리창을 본 지 며칠이나 되었을까?
나의 귀가 병실의 다른 침대들이 있어서 내가 20살임을,

보호자 간호원 환자의 말하는 소리를, 살아 있는 소리들을

그리고 내 어머니의 소리들을 뚜렷하게 감지한다.

어머니는 내가 50살인 12월 말에 입원했는데

다음 날부터 15개월 넘도록 의식이 없었다.

사망하기 하루 전에야 의식이 돌아와

"밥 거르지 말고 잘 먹어라."

말소리를 너무 약한 목소리로 마지막으로 선했나.

"산다고 마음먹으세요. 내일 낮에 수술을 할 겁니다."

순환기내과 장 의사가 말하고 간 후, 이상하게도

유리창이 출판하지도 않은 시집 『시간의 색깔은

자신이 지향하는 빛깔로 간다』를 공간에 그려낸다.

'심실중격에 구멍이 다시 생겨서 피가 새고

심장병과 동맥경화가 깊어요,

수술 성공할 확률은 1프롭니다.

밥 거르지 말고,'

말소리가 그 사람의 형상을 병실에 그려낸다.

말소리는 살아 있는 사람의 형상이다.

사람의 소리는 사람의 형상을 시간에 그려낸다.

63살 2020년 2월로 온 나는 삶이 저지른 죄가 있지만,

사람의 소리, 시이면 좋겠다, 내가 쓴 글이 누군가에게.

* 『의지와 표상으로서의 세계(*Die Welt als Wille und Vorstellung*)』: 아르투어 쇼펜하우어(Arthur Schopenhauer, 1788~1860)가 1818년 출판한 철학서.

거리, 카페, 가난한 비에 움직이는 사람들

흐르는 천 위 다리 위에
여자의 얼굴이 황혼 쪽에 있다.

생각해보고 오세요.

카페, 문을 열고
들어오는 젊은 남자가 불빛에 흔들리게 한다.

탁자 위에
꽃병에 갇힌 빨간 장미꽃들. 다리에서 만나고 있는
여자의 모습들이 어른거린다.

저는 왜 이럴까요? 아침에
한 파마가 마음에 안 들어서, 낮에
고치러 갔다가 그냥 머리만 잘라버리고 왔어요.

젊음은 그저 젊은 시간에 있으니까요.

저물녘의 이런 말은 아직 사라지지 못하고

우스운 장면이다, 만남 속에 있는
사람들이 다른 곳에 눈길을 주고 있는 광경은.

다리에서 여자 얼굴이 천천히 움직이고 있다.

탁자 위에 여자의 말이 흘러갔다.

거리에서 가난한 비에 남자가
걸음이 둔탁해져간다,
다리의 가로등 불빛에 카페의 불빛에
하얗게 밤으로 가을로 흔적으로 흔들리게 한다.

길가 커피와 담배와 겨울 아침

나는 사람이라
중요한 자기 일 있어서
집 밖으로 나갔어요.
2월인 오늘, 날씨 추운데

밝은 공간과 밝은 건물들이
퍽 따사로워서
생각지 못한 것들이어서
아침 햇볕이 만들어낸 그것들의 폰 사진을 찍고,
나는 조금 내려가 인도로 갔어요.

자판기 앞에서 라이터가 안 켜져서
꽤 생각하고
커피잔 들고 서성거렸죠.

건너편 인도에 나무들 서 있고
건너편 인도에 사람 서 있고 사람 걸어가는데.
중요한 자기 일 있어서 서 있거나 걸어가는 것일 테죠.

잎이 모두 떨어지고 가지만 앙상히 남은 나무로 변했군요.
작년 2월에도 겨울나무들에서 본 것처럼.
하지만 살아갈 사람은 그 자리를 떠나야 하고
살아갈 나무는 그 자리에 서 있어야겠죠.

나는 길에서 커피 마시면서 담배 피우는 즐거움을
모처럼 흠뻑 맛보려고,
집을 나선 것이지만,
오백 원 동전을 챙겨 길가로 간 것이지만.

살아감에서 더러 있는 일이라서 약간 아쉬워했죠.
길에서 자판기 커피 마시는 건 흔히 있는 일이어서
살피지 못한 라이터의 사정이
나에게 나의 살아감을 생각하게 했어요.
길에서 담배 피면서 커피 마시는 일을 하지 못했지만
길에서 사람을 잘 생각하고 삶을 또 생각할 테죠.

2월인 오늘, 날씨 추운데 나는, 겨울 아침
길가 커피 마시면서 담배 피려고 집을 나섰지만요.

사(思) 시간을 남긴 아름다운 청년

비는 눈보다 따뜻해서 나는 슬픔을 느낄 수 있다.
눈은 비보다 차가워서 나는 불안함에 빠져든다.
눈이 내린 길, 눈 날아간 2월, 그 사람이 세상과 헤어졌다.

어떻게 살 것인가?
산다는 것은 시간을 남겨 타인에게 기억되는 것!

그 사람은 멋진 아름다운 청년
그 사람은 박제를 형님이라고 부르는 청년
박제에게 소년처럼 생긋 미소 짓는 귀여운 청년

그 사람은 7년 전쯤에 조진태 시인이 소개하여
두 번째 만난 날, 착한 그 사람은
박제를 형님이라고 부르겠다고 했다.

그 사람은 살아감을 박제와 세 번 이야기했으며
구 동구청 뒤 술집에 박제가 들어와서 네 번째 만났으며
2년 전인 이날 만남은 우연이어서 바로 미소를 보내고 헤

어졌다.

　'서로 두 번째 만나 운암동 술집에서

　그 앤 나의 시를 가져갔으나,

　나는 그 애 시를 본 적이 없다,

　서로 살아가는 때. 나는 그의 시간을 보았을 뿐

　서로 네 번째 만나 마지막으로 헤어졌다.'

　살아온 만큼의 아름다움!

　파란색 셔츠를 입은 아름다운 청년

　시인 윤정현*을 박제는 다시 볼 수가 없다.

　그 사람과 함께한 시간 더러 있었지만

　그 사람의 시간들이 남았을 뿐,

　산다는 것은 타인에게 기억되는 것!일 뿐.

* 윤정현(1963~2021) : 시인.

아포리아(Aporia)*

아포리아가 3월에 왔다.
이루어지지 않는 사랑 골짜기의 백합*이,
인생에 환멸을 느끼면서도 꿈을 좇는
백합 아포리아가
코로나바이러스가 이미 사는 3월에 왔다.

사랑도 명예도 거절한 키르케고르*의 나, 어려움, 불안
소년기 눈 내리는 날
보나도 소년처럼 바람 불어 추워한
3월의 청년 박제에게
집들 사이 골목길 가에 선 카페에서 커피처럼 남겼다.

사랑도 흐르는데
사랑은 물처럼 흘러가 덧없는,
가난한 시간의 아폴리네르
의 문장의 도형화 '미라보 다리'*
와 레오 페레의 애절한 목소리로 흐르는 미라보 다리

사랑도 지나간 시간도 돌아오지 않는데

문혁 아포리아가 3월에 왔다.

집들 사잇길에 이유를 알 수 없이 열려 있는 트레일러,

굴렁쇠를 굴리며 뛰어가는 소녀,

맞은편의 존재를 확인할 수 없는 한 사람 그림자,

키리코의 환상적인 형이상 회화

— 거리의 신비와 우울* — 처럼

* 아포리아(Aporia) : 난관. 난문. 해결하기 어려운 문제. 하나의 의문에
  대하여, 서로 모순되는 두 개의 결론이 나오는 일.
* 『골짜기의 백합』 : 발자크(Honoré de Balzac, 1799~1850)의 소설(1835).
* 쇠렌 오뷔에 키르케고르(Søren Kierkegaard, 1813~1855) : 실존주의 철
  학자.
* 미라보 다리(Le Pont Mirabeau) : 시집 『알콜』에 수록된 기욤 아폴리네
  르(Guillaume Apollinaire, 1880~1918)의 시(1912). 이 시에 곡을 붙인 레
  오 페레(Léo Ferré, 1916~1993)의 노래(1953).
* 〈거리의 신비와 우울(Mystery and Melancholy of a Street)〉 : 조르조 데
  키리코(Giorgio de Chirico, 1888~1978)의 그림(1914).

인생을 패러디한 예술
— 원본 패러디 인생

소년이로 학난성

소년은 늙기 쉬우나 학문을 이루기는 어렵다.

허나 소년은 놀 공간이 많아 아름답게 20세로 날아간다.

청년이로 사난성

청년은 늙기 쉬우나 일을 이루기는 어렵다.

청년은 늙기 쉬우나 생각을 완성하기가 어렵다.

허나 청년은 생각이 많아

청년은 할 일이 많아 30대를 어렵게 달려간다.

중년이로 생난성?

중년은 늙기 쉬우나 삶을 이루기는 어렵다?

한데 나의 중년은? 사람을 그리워하여 방황하여

40대에 고달프게 걸어간다.

나는 무엇이어야 하는지…. 언젠가 '어디를 찾아가야

하나?'라는 문제에 부딪힐 거라는 생각이 들지만.

예술은 생을 패러디하지만

인생은 짧고 예술은 길다.

예술은 길어 20세에, 30세에, 40세에 가는 길 아무 데나

삶의 아픔을 달고 서 있다.

예술은 길에 서서 사람을 기다린다.

소라 껍질과, 두 사람과 나

소라 껍질을 봤다고? 여기서?

내 귀로 소라가 파고들고는 뇌리에 소라 껍질이 떠올랐다.

산책로, 푸른마을 산책로에서.

어! 봤어! 깨끗하고 또렷한 목소리가 파고들고는

우산 아래 초록색 바지 뒷모습이 내 앞에서 흔들거린다.

여섯 살쯤 될 남자 꼬마 같은데,

어떻게 생겼을까?

소라, 저 위에서 본 것 아니냐?

나의 귀로 파고든 소라가 '할머니?'로 변환되는데

꼬마가 걸으면서 눈을 내려 동산 옆 산책로 가를 살폈다.

소안도 앞바다에서 막 올라온 살아 있는 소라를 보아서 나는

소라가 죽어서 산책로에 껍질을 남길 수 있다고 생각하는데.

와! 여기 있다! 소라 껍질이다!

소라가 우산 속 할머니를 파고들고는

할머니가 멈춰 서고 눈을 내려 동산 옆 산책로 가를 살폈다.

소라 껍질 맞네!

62살, 마른 다리에 반항도 하려고 산책로로 간 거지만, 나는

소라 소리에 소라 껍질을 살폈다.

소라는 어디서 살지?

바다에서 살지!

목소리가 교환되고는, 라랄랄~

꼬마가 노랫소리를 흥얼거린다, 즐거워한다.

할머니는, 살짝 내리는 비를 맞고

여섯 살쯤 될 남자 꼬마를 데리고 내려오는 다른 할머니한테

요 며칠 못 봤는데 일찍 나오셨구려, 소리를 내고.

나는 사색도 하려고 산책로로 간 거지만

우산 속 두 얼굴을 보고 싶어졌다, 걸음을 재촉했다.

진지한 인상 꼬마가 노랫소리를 흥얼거리고 앞쪽으로 달려온다.

나는 다리가 피로해져 귀가하고 싶어져서 길을 내려간다.

그러다가 잠시 두 사람의 뒷모습을 살핀다.

파란 비닐우산 아래에, 산책로에서

초록색 잠바와 초록색 바지를 입은 꼬마와

보라색 겉옷을 입은 할머니가 산책하고 있다.

봄날 살짝 내리는 이슬비를 맞고

인생을 생각하려고 나는 산책로로 갔는데

한 소라가 껍질을 산책로에 남겨서 뇌리에 '삶'이 떠올랐다.

목련꽃

사람들이 찾아오긴 해도 말을 걸어오진 않았다.
어쩌다가 간혹 한두 사람이 말을 남기고 갔을 뿐.
내가 무서워서일까?
내가 힘없는 잎을 달고 있어서 그럴까!

사람들은 사람 생각, 일 생각을 주로 하면서
산책에 잠긴다.
그러다가 피곤해져 고개를 돌렸을 때
봄 나무들 속에
홀로 떨어져 하얗게 꽃을 피운 나무의 꽃을
아름답다고 한다. 잠시 후엔 애절하다고 한다.

제4부

무비즘

오후에 내리는 봄비

술 한잔 하고 싶네요,

비 오니까 선생님 생각나요.

우산 쓰고 집 앞에 계시세요,

제가 다섯 시까지 모시러 갈게요.

제자 현주, 광휘의 말소리가 핸드폰에서 흘렀다.

64살 3월이 다 가는 날

가늘게 떨어지는 비가 떨궈버린 벚꽃 꽃잎들,

빗물이 흘러가는 사거리,

흐르는 빗물에 떠는, 신호등의 빨간색 혹은 초록색 두

줄기

토요일 오후 5시의 술집 쪽

푸른마을의 불 켜진 아파트 앞

에 서 있는 나.

일본이 한국을 근대화시켰다고

일베 같은 소리를 하더란께, 아들 녀석이!

어디서 배웠을까?

유튜브에서 배웠을 거야,

다른 사실들 곁에 일부러 살짝 올려놓거든.
현주와 광휘의 21살 아들을 본 적 없는데
이상하게도 곧 화염병을 던지는 모습 셋이
21살 재원과 광휘, 녹두대 현주가
뇌리에서 이어졌다.
강경대*를 살려내라.
미국을 반대한다. 노태우 정권 타도하자.
34살 해직교사 깡마른 청년이 구호를 외친다,
가투가 벌어지는 중앙국민학교 사거리에서
수많은 시위대 속에서 움직이는.
그러곤 1991년 최루탄을 쏘는 바람에 흩어지면서
발소리들 흐르고 오후 2시 무렵의 장면이 나타났다.
오매, 아저씨들 데모해서 좋소만,
이 딸기가 다 물러져버렸네! 어찌해야 쓸까!
말소리와 인도의 수레와 아줌마를 보았다.

30년이 흘러간 사이에
현주와 광휘는 중년, 아버지가 되었는데,
재원은 고문 후유증에 시달려 19년 전에 생을 마치고,

복직하고 퇴직한 나는 아직도 깡마른 청년이다.

술집 탁자 맞은편에 앉은 51살 중년 광휘와 현주,
그리고 64살 청년 나가
세상을 대화 속에 흘러가고…….

불 켜진 술집에서 나온 나 집 쪽으로 가고 있다.
푸른마을 앞에서 토요일 오후 9시경에,
흐르는 빗물에 뜨는, 신호등의 빨간색 혹은 초록색 두
줄기
빗물이 흘러가는 사거리,
가볍게 마신 술이 떨궈버린 벚꽃 젖은 꽃잎들,
64살 3월이 다 가는 날의 나
오후에 내리는 봄비에 젖고 있다.

* 강경대(1972~1991.4.26) : 학생운동가. 명지대학교 앞에서 시위 중 경
  찰관에게 붙잡혀 폭행당해 사망함. 4월 29일 전남대학교 학생 박승희
  가 강경대 사건 규탄 집회 중 분신함.

얼굴 책

손으로 만들어가는 얼굴, 남이 찍어낸 내 얼굴
두 손가락으로 커지게 그리고 작아지게 하는 내 얼굴
이것이 담은 내 얼굴
원하지 않아도 그것이 나다.
손으로 만들어가는 얼굴?
원하지 않아도 그것이 나다?

손가락 아래로 찾아와서 세상을 축소시키는,
2004년에 마크 저커버그와 에드와도 새버린이 만들어낸
이것은 흔적을 남기는 사람들의 욕망을 버리지 않는다.
어떤 사람은 갈등하거나 갈구하는 존재가 되는 까닭에,
남자든 여자든 먹고살지만
산다는 건
자기 앞에 다른 사람이 있는 것인 까닭에.

깁스 상률*

술집에 놓인 밤, 술 안개, 빨간 장미
상률이 귀엽다.
문 선생이, 시인이지만 소년 같아, 수줍어한다.
기 청년이 빈집에 밤에 돌아와 운다.
잘 있거라 밤들아 촛불들아 종이들아!
천 원, 오천 원, 만 원, 오만 원
통용 지폐에 신사임당이 있다.
지폐에 없으나 전설이 되어,
내 뇌리에 흐른다, 명성황후가
이미지가 되어.
쓰레기나 돈, 나, 돈 나
눈이 다음 날 새벽에 내려졌다, 버려졌다.
눈물이 겨울 2월 새벽에 망설였다.
내가 사는 광주엔 2년 넘게
나보다 의미 있는 코로나19가 살아가고 있다.

* 깁스 상률(Gibbs 相律) : 평형계에서 존재하는 상의 수와 조절 가능한
  외부 변수들의 수의 관계를 나타내는 식.

아침 10시 무렵 못생긴 개하고 산책하는 여자

그녀에게 사랑하는 사람이 있는지 물어보지 않았다
그냥 항상 개랑 산책하고 개랑 마트에 다녀서.
그녀의 개가 예쁘게 보인 사람들은
이 개 몇 살이에요, 잘생겼네, 말 잘 듣겠어요
하였지만, 나는 그녀의 개가 못생겼기 때문에 그녀가
그냥 못생긴 개와 함께 산책하는 사람
생각도 들었다.

나는 퇴직한 60대인데 20대일 그녀를
아침 10시 무렵이나 해가 질 무렵에
산책로 혹은 마트에서 지나치곤 했다.
그녀는 오늘처럼 가끔씩 개를 품에 안고 산책을 했다.
유모차 탄 아기와 함께 젊은 부인이 산책로에서
아침 10시 무렵의 봄 햇살을 받고 산책하고 있지만
30대 같은데 부인 곁을 그냥 지나간 여자 몇이
애 어디 아파요? 예쁘게 생겼네요,
애가 힘들어하는데 어떡해요? 따위로
개를 안은 그녀에게 말했다.

그녀는 자기에게 갖는 관심이라고 생각하고
일일이 답하였는데, 나는
걷지도 못할 개라면 혼자 산책하면 될 텐데 왜?
개보다도 그녀가 불쌍하다
생각도 들었다.

유모차 아기 엄마는 3월 9일에는 코로나19 때문에
혼자 마스크 쓰고 아침 10시 무렵 투표소에 나타났다.
못생긴 개 주인 그녀는 3월 9일에는 대통령 뽑는다고
개랑 마스크 쓰고 아침 10시 무렵 투표소에 나타났다.
나는 투표소에서
그녀에게 사랑하는 사람이 있을까
생각도 들었다.

내가 사랑하는 사람은 한때 세상에 있었지만
13년 전부터는 사진 두 장을 남겼을 뿐이어서
사진 두 장으로 가끔 그 사람을 그리워한다.
나는 내가 사랑하고 그리워하는 사람이 있어서

못생긴 개와 함께 있는 그녀를
산책길에서 마트에서 보아도 그냥 지나친다. 그녀에 관해
낮에 가끔 편의점에서 일하고 30평 아파트에서 혼자 산다
고 산책로에서 여자들이 정보를 교환했지만, 나는
그녀는 편의점에서 낮에 쉬고 아파트에서 개랑 산다,
젊은데 직업이 없고 불쌍하게도 돈이 많을 거다
생각도 들었다.

가난한 사람들이 있어도

광주에 오늘도 고층 아파트가 움직이고 있다.
누나가 사는 13평 영세민 아파트 창 안 베란다에선
꽃들은 봄을 젊다고 소리 없이 말하지만
빨랫줄의 허름한 옷들은 창밖 움직이는 돈을 동경한다.

시인은 사람의 가난을 값있어 미적으로 표현하지만
가난한 삶은 미의 밖에서 존재하는 비애이므로
가난한 삶을 감상한 시인의 시는 패러독스다, 불안이다.

아파트가 제 몸값으로 사람을 골라 움직이는 세상에서
서울, 서울 쪽에 젊은 최신의 시공간이 움직이는 세상에서
살려고 많은 사람들이 서울, 서울 쪽으로 갔으나,
늙은 누나는 날마다 젊음보다는 돈을 생각한다고 한다.

가난한 나는 오후에 부모님 성묘하고
가난한 누나를 비좁은 아파트로 찾아갔지만
가난한 누나의 삶의 애환은 들어도 알고 싶지는 않다.

간월도(看月島)

간월도? 핸드폰으로 흘러든 삼형 소리
따라 간월도? 하고 나도 가게 된
광주광역시골에서 동생 차를 타고
경기도 광명 도시로 올라와
작은형 첫 제삿날 낮 제사를 지내고
동생 차로 안면도를 찾아가는 중
삼형 나 동생이 함께 가게 된
이상도 하지 충남 서산시 간월도

사후에 본 작은형 얼굴이
편안한 잠을 자는 것일까?
이상도 하지 안면도(安眠島)
찾아가는 중에 간 간월도
사람이 바다를 걸어 간월도로 오네?!
이상도 하지 간월도
조선 무학대사가 달을 보고 홀연히 깨쳐 이름을 지었다는
저 집 간월암 있는 저 섬

간조시에는 저 섬까지 이어지는 길이 나타날 테지

사후에 사람이 바다를 걸어 간월도로 온다면

가난하여 아파트 경비원 일을 하고 쓰러져

뇌졸중으로 의식 없이 5년 반을 살아간

인생이 씁쓸하진 않을 텐데,

사람이 돈이 간척 사업하여

이젠 섬도 아닌 것이 섬이라고 남아

이상도 하지 내가 달 볼 일 없는 섬 간월도

인생과, 비 내리는 시간에 만든 알리바이

금요일도 좋지만 목요일이 더 좋습니다,
도착 시간은 오후 5시죠?
그럴 예정입니다, 3시에 출발하겠습니다.

조금 전까지 엄청 비가 쏟아졌어요, 지금은 약해졌지만
비가 광주 쪽으로 내려간다고 하네요, 다음에 만나요.
놀러 오라는 전화를 두 달 전에 받아서
화요일에 전화 걸어 만날 시간을 정하고
지금 오전 11시 29분인데, 왜 지금?
두려워한다, 그래서 지금
내가 떠난다. 이곳에 가는 비가 내리고 있을 뿐이나

오후 5시 9분인 지금 광주에 가는 비가 내리고 있고
8월의 전주엔 가는 비가 내리고 있는지 모르지만,
차로 가면 1시간 30분 안에 그곳에 갈 수 있으나.
인생과, 두려움과 비 내리는 시간에 만든 알리바이

사람이 말을 하지만 모르는 것은 자신이 하는 일이다.

무비즘(movieism)

나는 영화처럼 걸어간다.
영화는 나를 찍지 않았지만

사람들은 나를 영화처럼 만난다.
어느 날 나를 한 사람은 영화처럼 기억하고
또 한 사람은 영화처럼 기억하고 또 다른 한 사람은
영화처럼 기억하고⋯⋯

나는 잠깐 사진으로 스치어
나는 잠깐 녹음으로 스치어
나는 잠깐 이미지로 사람들에게 찾아들고
나는 잠깐 꿈으로 사람들에게 찾아들어

나는 앞 뒤 옆 사람들 속으로 영화처럼 걸어간다.
영화는 살아가는 나를 한순간도 찍지 않았지만

나는 무비즘을 추구하고
건물들과 바깥 나무들, 길과 길 위 차들, 사람들
밤하늘 아래 불빛, 밤비, 낮비, 눈 흐르는 도시에서

나는 영화처럼 택시 타고 가고 있고 영화처럼 걸어간다.
나는 영화처럼 움직인다.

나는 밤의 소줏집 유리창 가에 세 사람하고 앉아 있고
저녁에 불안해 보이는 걷는 사람 뒤에 걷고 있고
낮 카페에 커피잔 위에 말이 없고
아침 병원 안에 서 있고
새벽길에서 도시 정경을 바라보고 있고,
나는 종이에 쓰고 있고 컴퓨터 앞에 앉아 쓰고 있고
스마트폰으로 유라이어 힙의 레인*을 듣고
고흐의 별이 빛나는 밤*을 보고,
고흐는 비 내리는 날에 없다.

나는 영화처럼 살고 있다,
영화처럼 잠깐씩 움직이고 있다.

* 〈Rain〉 : 록 밴드 유라이어 힙(Uriah Heep, 1969~)의 노래(1972).
* 〈별이 빛나는 밤(The Starry Night)〉 : 빈센트 반 고흐(Vincent van Gogh)
  의 그림(1889).

라 코뮌(La Commune)*
― 역사와 개인의 의식 1

광주 동네 사우나 목욕을 하고 나면
전기안마기에 앉아 등을 안마하지,
58년생이니까 등이 뻐근해서.

어쩐지 슬프고 아름다운 시는
천상병의 '귀천(歸天)'인 것 같아.
라 코뮌 오피셜 뮤직비디오를
유튜브로 듣지만

비틀스의 예스터데이*
밥 딜런의 라이크 어 롤링 스톤*
장 페라의 라 코뮌을 듣고, 들을 수 있는
LP나 테이프, CD를 사러 다니던 시절
내 청년 시절 20세기가 좋았던 것 같아.
계림동에서 그리고 유동에서
버스를 타고 충장로로 가면서
이슬 혹은 노을빛이 흐르는 도시를 담았지.
그래서 내가 산 테이프 레코드 CD는

도시의 정경, 사람들의 숨결,
살아가는 사람들을 떠올려줘.
유튜브는 그렇게까진 못 해.

5 · 18 광주 코뮌에 참여하고
그해 겨울이 와서 눈 내리고 있어서
좋아라 하여 친구들이랑 충장로로 가서
눈 맞으며 눈 위에서 미끄럼을 탔지.

그런데 라 코뮌, 21세기 지금
청년들이 라 코뮌을 MP3 유튜브로도
들을 수 있고 킥보드도 탈 수 있는 시대가 흐르고 있어.
킥보드는 젊은이가 타는 거니까
나는 그걸 탈 생각을 안 하고.
40대일 어떤 아줌마는 그걸 타고,
길을 걷는 내 앞에 미끄러져
오면서 젊어진 듯이 상기된 얼굴이었는데.
나의 주된 관심사는 인생과

나이에 맞는 일일 뿐이야.

어렵지만 내가 한 일을 내가 정확하게 아는……

허약한 흔적을 가진 사람들이

피와 빨간 깃발로 만든 것이 파리 코뮌이다,

'라 코뮌', '포티에'를 목소리로 흘리는

장 페라를 오늘 내가 CD로 들었다 따위의.

* 〈La Commune〉: 프랑스 가수 장 페라(Jean Ferrat, 1930~2010)의 노래
  (1971). 가사에, 파리 코뮌(1871)에 참여하여 〈인터내셔널가〉를 작사한
  시인이자 혁명가인 외젠 포티에(Eugène Pottier, 1816~1887)를 언급함.
* 〈Yesterday〉: 비틀스(The Beatles, 1960~1970)의 노래(1965).
* 〈Like a Rolling Stone〉: 밥 딜런(Bob Dylan, 1941~)의 노래(1965).

푸른 오후의 길을 지나간 까닭에

형이 교도소에 9년 넘게 수감되었고
출감하여 거리에 나온 지 6년이 지났지만
나는 알 수 없었다.
형이 왜 나에게 화분을 가지고 따라오라 했는지.
37킬로 매우 가벼운 나는 어디도 가는지도 모르면서 왜
너무 무거운 25킬로 꽃 화분을 간신히 들고 가는지.
형이 (건물들이 높낮이로 그림을 그리며
차들 사람들이 이쪽저쪽으로 흘러가는 낮 유동 거리)
푸른 가로수들이 서 있는 인도를 걷다가 갑자기
만난 나보다 어린 청년에게
호주머니에서 꺼낸 봉투를 뜯어 삼십만 원
돈을 왜 다 주었는지.
점심때 내가 그 봉투에 넣어 어머니께 드린 용돈이
길에 봉투만 떨어졌기 때문에

나는 내 무게로 버틸 수 있는 한에서 일을 한다
는 생각이었다.
나는 내 가진 돈으로 사람 만난다

는 생각이었다. 그러나

나는, 광주교도소에서 오늘 출감했어요, 란 말을 들었고

그 청년은 청년인 나를 그냥 지나쳐 그 길을 걸었다.

형은 귀한 화분이니까 조심해라 했을 뿐이었다.

나는 3미터쯤 걷고는 화분을 내려놓곤 하였다.

나는 30분쯤 형의 뒤에서 걸었다. 그러고는 생각했다.

귀한 꽃나무여서 택시를 타지 않은 걸까? 나보다?

그 후, 그 청년은 어디론가 갔을 텐데,

어머니는 14년을 형은 22년을 세상에 살아서

5년 전에 나는 혼자가 되었다.

그러나 그렇게 여름 푸른 오후의 길을 지나간 까닭에

지금은 여름이고 내가 산 세상은 아름다웠다.

사람은

모르는 곳에서 와서 모르는 곳으로 돌아간다.

(돌아가므로)

2022년에 온 월상석영도

꽃나무는
먼 훗날 그때에 '잊었노라'*

한꽃나무를위하여그러는것처럼
꽃나무는제가생각하는꽃나무에게갈수없*어서,
사랑해서

오늘밤은 푹푹 눈이 나린다*
했지

요 거리에 요 시인
가만히 계시오/눈 오는 것만 지키고 계시오……*

거리에 눈 내리고 있지만……,
좀 전에 술집에서 나간 기 청년이 흐느끼네요 말하네요
잘 있거라, 짧았던 밤들아*

* 먼 훗날~ : 김소월 시 「먼 후일」(1920)에서.

.

* 한꽃나무 ~ : 이상 시 「꽃나무」(1933)에서.

* 사랑해서 ~ : 백석 시 「나와 나타샤와 흰 당나귀」(1938)에서.

* 요 시인 ~ : 김수영 시 「눈」(1961)에서.

* 잘 있거라~ : 기형도 시 「빈집」(1983)에서.

서시
— 역사와 개인의 의식 2

하지만 시간은 어떤 사람에게든 다르게 흐르는 것이니까
2022년 8월 여름에
광명역에서 지하철 타고 서울로 간다는 형과 헤어져
광명역에서 KTX를 타고 나는 광주로 돌아갔다.

흐르는 도시 여름 9월 6일의 광주 쇼윈도 거리에서
태풍이 지나가고 난 낮
한 사람 혹은 사람들이 거리의 상인을 찾아 가게로 가고
내가 본 사진 '애비뉴 데 고블랭'*에 담긴 것
─쇼윈도 속 서 있는 가격표 붙은 양복을 입은 마네킹들
을 세 어린이가 보더니 개와 함께 질주한다.

녀석은 자전거에 미친 놈이단께.
블라디보스토크까지 가서 타다가 넘어져서 다쳤는데
러시아가 사회주의 사회라서 그런가
치료를 해주고 돈은 안 받더라고 하네요, 겨울인데.
그나저나 주식 주가 하락해서 나 2천만 원 날렸죠.
하는 말과 아침이 후배의 차, 차 안 후배의 얼굴

아래의 파란 티셔츠와 함께 쇼윈도 거리에서 흘러간다.

나는 쇼윈도 거리를 걷는 현대의 햄릿이다.

―건물들 가로 많은 사람이 걷는 눈 쌓인 거리 위에 선

   손에 책을 든 코트

   입은 러시아 혁명기 시인이자 의사

   지바고 오마 샤리프

   오마 샤리프의 얼굴 아래의 코트*

기차, 거리에서 죽는 지식인 '살아 있는' 지바고가

뇌리에 서 있다.

* 애비뉴 데 고블랭(Avenue des Gobelins) : '현대 사진의 아버지', '카메
  라의 시인'이라 불리는 프랑스의 사진작가 외젠 앗제(Eugène Atget,
  1857~1927)의 예술사진(1925).
* 보리스 파스테르나크(1890~1960)의 러시아 혁명을 담은 소설 『의사
  지바고』(1957)를 바탕으로 만들어진 영화 〈닥터 지바고〉(1965)에 배우
  오마 샤리프(1932~2015)가 지바고로 출연한 장면.

추풍오장원(秋風五丈原)*
― 역사의 개인의 의식 3

시월 8일이 막 지나고 낮 공원에,
가을바람 불고 아침 비 내려서
떨어진 비에 젖은 나뭇잎이 비에 젖은 벤치 위에 있네!
윤건, 학우선, 마른 몸 감춘 학창의 미남
미남이 앉아 있는 의자가 오버랩되어 흘러간다!
마음이 아프고 슬픈, 금(琴) 소리 흐르고.
흐르네! 비창*이, 베토벤이 앉은 피아노 의자가
벤치 앞에 서 있는 베레모 65살 나의 안에.

몸이 약해서
수레를 타고 의자에 앉아서 많은 날 시간 길을 갔는데
234년 가을엔, 바람이 불고 비가 내리고 죄를 지어서
성도(成都)로 돌아가지 않고 촛불을 켜놓았던 걸까?
고독해서 의자에서 나와서 눈물 흘렸을 테지.
밤 주등 불이 꺼지고 추풍오장원!
제갈량 54살 인생이 다 흘러갔지만
지금 벤치 앞에 서 있는 나에게 흘리고 있구나!
베토벤의 비창을.

사람들이 앉은 의자들 빈 의자들 있는
사람이 만나고 소통하는 정거장
죄를 저지르고 싶었던
고흐가 본 '밤의 카페 테라스'*를.
고흐가 본 맑고 환하게 별들이 빛나는 밤하늘과
실내에서 불빛이 흘러나와 밝은 풍요로운 거리를.

당신이 너무 신중하게 일하는 게 싫어!
주인 자리가 탐나는 거지?
관우 장비가 화내어 눈물 흘리게 한 적 있지만
심사가 어려울 때도 금(琴)을 탔지만
이제 떠나야 하는 오늘은 눈물이 나는구나!
가난한 많은 사람들이 어떻게 살아가야 하지?
착하게? 거리를 풍요롭게 하면서…… 올바르게?
심란하다. 하지만 사람들을 염려하고 사랑하고
역사의 현장에서 사라질 때까지 섬세하게 살아가야 해.
그래서 인생은 쓸쓸하지만 아름답다, 무상하다.

그런데, 지내는 방의 의자가 있을 뿐

사랑도 제대로 한 적 없어서

나의 인생은 씁쓸함이 없다, 나는 인생무상이 없다.

* 추풍오장원(秋風五丈原) : 제갈량(181~234.10.8)이 가을바람을 맞으며
  오장원의 군중에서 세상을 떠났음을 의미하는 말.
* 〈비창(悲愴)〉 : 루트비히 판 베토벤(1870~1827)이 작곡한 피아노 소나
  타 8번(1798~99).
* 〈밤의 카페 테라스(Café Terrace at Night〉 : 빈센트 반 고흐(1853~
  1890)의 그림(1888).

그리운 시간

사십오 살 때 재성이와 목포에서 술 마시다가
덧없이 쉰 살이 찾아올 것 같아서
여름밤 열두 시 빗속에 택시 타고
광주로 돌아갔었는데.
금년 봄 아침에 벗 해영이가
먼 곳 화순에서 찾아왔어.
집 옆 산책로 가에 핀 하얀 벚꽃
곁을 함께 걸었지.
갑자기 손을 잡고는 돌아가자 했어.
한방의원으로 데려가
내 한약 한 제를 지어줬어.
사람이 살아가는 덴 꽃의 자극보다
중요한 것이 있어서일 텐데.
아픈 몸이 금년엔 음악 감상까지 했지.
트럭 옆 늦가을 노란 은행잎 무성한 저녁에
음악 카페로 여수에서 찾아온 무성이랑 함께.
닷새 전엔 비행기 나는 겨울 은행 경찰서 앞 거리에서
오토바이 폭주족처럼 난폭하게

시국이 소리 내고 가난하여 돈이 없어서
노점 할머니 아침 배추를 눈길만 주고
스쳐 집으로 돌아갔어. 그러곤 그날 낮에
두 살 어린 재성이가
진도에서 김장한 김치 들고 찾아온 것이!
즐거우나, 〈술과 밤〉이 흐르고
이순 넘고 병든 것은 하늘의 뜻이어서
결혼 안 하고 늙는 것 따라 시름 오는 걸 슬퍼하네.
친구들 옛 가족들 그리워함 그침이 없고
못 쓰는 시에 오늘 새벽도 시달렸네.
세상에서 살아간 아름다운 시간을 또 생각하네.

자서(自敍)한 회고의 비망록

조성국

1

형의 약력에는 이렇게 쓰여 있다. "박석준(朴錫駿)/1958년 광주 계림동에서 태어나 부유하게 살았다. 중학교 2학년 때 집안의 파산, 대학교 1학년 때 남민전 사건에 관련된 형들의 수감, 지금까지도 너무 가볍고 허약한 몸이 곤란하게 가난하게 만들어서 돈을 벌어야 했다. 몸과 형들 사건 때문에 1983년에 안기부에게 각서를 쓰고 교사가 되었는데 1989년 전교조 결성을 위해 해직을 선택했다. 1994년 복직하고 인생을 생각하다 쓴 「카페, 가난한 비」로 2008년에 등단했다. 빚을 다 갚고 60살에 명예퇴직했다"고 기술하였다.

형이 자서(自敍)한 대로 "빚을 다 갚고 60살에 명예퇴직"한 무렵이 아닐까, 생각한다. 어루더듬어보면 형을 위무한답시고

모처럼 단골 간이주점 들어서는디, 육덕 깊은 주모가 다 먹고 남은 술상을 치우다 말고 홍조를 피우며 냅다 주방으로 뛰어 들어가는 거였다. 손거울 보며 옷매무새 다듬고 입술도 새빨갛게 칠하는 걸 뻔히 아는디 안 바른 척 다가오는 거였다. 가문 날 가게 밖에 내놓은 화분의 꽃상추마냥 축 처진 목소리가 확 달라져서는 선생님, 뭐 주문하시겠어요, 치근대듯 갑자기 반쯤 시무룩했던 육십 대가 앙큼하게 확 되살아나는 거였다. 소낙비 맞은 것만치로 말긋말긋 생기가 돋는 것이었다. "파산" 한, 좀 더 나은 세상을 꿈꾸던 가계사의 뒷바라지를 하다 혼사를 놓치고, 환갑 넘은 노총각의 심사를 안다는 듯이 그랬다. 형이 접장질을 명예롭게 관두던 날이었다. 그리고는 "꽃나무가 주는 자극보다는" "사람이 살아가는 모습에 더 짙은 마음을 쏟"았다.

"자유를 바라고 피폐하지 않는 삶을 바라는 나를/자본주의의 세계 ; 말과 돈과 힘, 문화가/소외시키고 통제하기도 하는 세상이니까.//사람이 살아가는 모습에 내가/말을 섬세하게 하려는 데 의지를 쓰면/많은 돈과 새 문화가 빠르게 굴러가는 세계, 도시에서/획득한 표상에/가난한 내가 욕망에 덜 시달릴 테니까.//하지만 세상살이 사람살이에서/나는 비애일지라도/현장에서 사라질 때까지/섬세하고 신중하게 살아"(시인의 말)가려고 노력했다.

"마음과 시공간의 잔상"들을 연작으로 돌이켜보며, 일테면 "5 · 18 때 집 떠"난 "살짝 콧수염 난 21살 꼬마 청년,/LP판을 내게 남"("콧수염 난 꼬마 청년") 겨주듯이. "빗속의 세 개의 우산 같"
은 "네 사람의 가난한 삶이"("우산과 양복") 서리듯이. "옷이 더 너
풀거려,/옷 속을 가리고 가고 싶은데, 툭/단추가 굴러가, 올라
오는 파란 티셔츠를 의식게" 하고 "다가와, 자신의 시력으로 의
사처럼 상대 얼굴을 보고,/상대의 드러난 러닝셔츠 속을 살펴
본 것"("옷과 시간과 시력")과 같이. "공간이 맑아 마음이 가라앉는
듯 침잠"하듯이. "허약해도/공간이 샛맑아 낮은 집들 풍경이
아름답게 선명하"("발을 다쳐서")듯이. "죄가 많다고? 결혼을 하지
않아서? 일하지 않는데/퇴직 연금, 돈은 나와서? 아프고, 가난
하고, 믿지 않아서?/"살아온 육십 년이 거리에 흩날리는 폐지
같"("네 사람과 없어져버린 나)은 것을 "인공 심장"에 새기는 형은
여전히 "64살 3월이 다 가는 날의" 어느 "오후에 내리는 봄비에
젖고 있"는 노총각이었다. 아직도 뭔가 할 게 엄청 많다는 양
생기 촉촉한 "64살 청년"이었다.

　　　술 한잔 하고 싶네요,
　　　비 오니까 선생님 생각나요.
　　　우산 쓰고 집 앞에 계시세요,
　　　제가 다섯 시까지 모시러 갈게요.
　　　제자 현주, 광휘의 말소리가 핸드폰에서 흘렀다.

　　　64살 3월이 다 가는 날
　　　가늘게 떨어지는 비가 떨궈버린 벚꽃 꽃잎들,
　　　빗물이 흘러가는 사거리,

흐르는 빗물에 떠는, 신호등의 빨간색 혹은 초록색 두 줄기
토요일 오후 5시의 술집 쪽
푸른마을의 불 켜진 아파트 앞
에 서 있는 나.

일본이 한국을 근대화시켰다고
일베 같은 소리를 하더란께, 아들 녀석이!
어디서 배웠을까?
유튜브에서 배웠을 거야,
다른 사실들 곁에 일부러 살짝 올려놓거든.
현주와 광휘의 21살 아들을 본 적 없는데
이상하게도 곧 화염병을 던지는 모습 셋이
21살 재원과 광휘, 녹두대 현주가
뇌리에서 이어졌다.
강경대를 살려내라.
미국을 반대한다. 노태우 정권 타도하자.
34살 해직교사 깡마른 청년이 구호를 외친다,
가투가 벌어지는 중앙국민학교 사거리에서
수많은 시위대 속에서 움직이는.
그러곤 1991년 최루탄을 쏘는 바람에 흩어지면서
발소리들 흐르고 오후 2시 무렵의 장면이 나타났다.
오매, 아저씨들 데모해서 좋소만,
이 딸기가 다 물러져버렸네! 어찌해야 쓸까!
말소리와 인도의 수레와 아줌마를 보았다.

30년이 흘러간 사이에
현주와 광휘는 중년, 아버지가 되었는데,

재원은 고문 후유증에 시달려 19년 전에 생을 마치고,
복직하고 퇴직한 나는 아직도 깡마른 청년이다.

술집 탁자 맞은편에 앉은 51살 중년 광휘와 현주,
그리고 64살 청년 나가
세상을 대화 속에 흘러가고…….

불 켜진 술집에서 나온 나 집 쪽으로 가고 있다.
푸른마을 앞에서 토요일 오후 9시경에,
흐르는 빗물에 떠는, 신호등의 빨간색 혹은 초록색 두 줄기
빗물이 흘러가는 사거리,
가볍게 마신 술이 떨궈버린 벚꽃 젖은 꽃잎들,
64살 3월이 다 가는 날의 나
오후에 내리는 봄비에 젖고 있다.

　　　　　　　　　　　　—「오후에 내리는 봄비」 전문

"산다고 마음먹어라. 내일 새벽에 수술을 할 거다."
서 의사가 말하고 간 후, 이상하게도
마음이 가라앉아 침대 뒤 유리창으로 눈길을 주는데,
창틀에 파란색 표지의 작은 성경책이 놓여 있다.
'물에 빠진 사람이 지푸라기라도 잡는 심정일까?
나는 왜 지금에야 이 책을 삶과 관련하여 생각하는가?
나는 얼마 살지도 않았으면서 삶이 저지른 죄가 있다.
병실에선 사람의 소리가 삶을 생각게 하는데.'
그 성경책을 집어 넘겨보는데
'없어져버린 삶!' 이라고 생각이 일어난다.
'너는 수술을 하지 않으면 2, 3개월밖에 살 수 없어!

수술 성공할 확률은 1프로다.'
마른나무 가지들이 공간에 선을 그은 12월 말인데
살아 있다, 움직이는 말소리, 사람 발소리,
사람 소리를 담고 시공간이 흐른다.
사람의 소리는 사람의 형상을 공간에 그려낸다.
유리창을 본 지 며칠이나 되었을까?
나의 귀가 병실의 다른 침대들이 있어서 내가 20살임을,
보호자 간호원 환자의 말하는 소리를, 살아 있는 소리들을
그리고 내 어머니의 소리들을 뚜렷하게 감지한다.

어머니는 내가 50살인 12월 말에 입원했는데
다음 날부터 15개월 넘도록 의식이 없었다.
사망하기 하루 전에야 의식이 돌아와
"밥 거르지 말고 잘 먹어라."
말소리를 너무 약한 목소리로 마지막으로 전했다.

"산다고 마음먹으세요. 내일 낮에 수술을 할 겁니다."
순환기내과 장 의사가 말하고 간 후, 이상하게도
유리창이 출판하지도 않은 시집 『시간의 색깔은
자신이 지향하는 빛깔로 간다』를 공간에 그려낸다.
'심실중격에 구멍이 다시 생겨서 피가 새고
심장병과 동맥경화가 깊어요,
수술 성공할 확률은 1프롭니다.
밥 거르지 말고,'
말소리가 그 사람의 형상을 병실에 그려낸다.
말소리는 살아 있는 사람의 형상이다.
사람의 소리는 사람의 형상을 시간에 그려낸다.

63살 2020년 2월로 온 나는 삶이 저지른 죄가 있지만,
사람의 소리, 시이면 좋겠다, 내가 쓴 글이 누군가에게.
　　　　　　—「의지와 표상으로서의 세계이니」 전문

비상하게 지나간 시절의 연도와 장소와 시간이 적혔고 누구
와 만나 무슨 말을 했는지 아주 세세하다. 굳이 설명하지 않아
도 읽으면 읽은 대로 "형상"이 막 그려진다. "63살 2020년 2월
로 온" "삶"이 "64살 3월"로 또는 더 멀리 나이테를 바꿔 낄 터
이지만 "수술을 하지 않으면 2, 3개월밖에 살 수 없"는 "수술 성
공할 확률"이 "1프로"인 그 프로테이지가 성공해서 '인공판막
심장'으로 숨을 쉬며 내는 절규가 참 아린다.

　2.

형은 늘 그랬다. 형의 생애사가 민낯으로 살아서, 진심으로
살아서, 시간과 공간과 사람들의 숨소리가 살아서 '지금-여기'
에 이르렀다. 온몸으로 새겨온 먼 길의 발자국, 남몰래 속으로
만 삭이고 녹여낸 그날들의 "사람의 소리"가 "시이면 좋겠다"는
형의 바람대로 "누군가에게"(「의지와 표상으로서의 세계이니」) 살아
난다. 기억의 편린을 그러모은 시적 재구성으로 살아나서 천
만 가슴을 울리고도 남았다. 담담하게 우리들을 "시공간"으로
데려가서는 세월의 체로 걸러내듯 빚어낸 신념들을 보여준다.
형이 직접 육화한 건조한 언어들과 담담한 어조의 연간과 행

간과 자간들의 여백을 지나다 보면 심장을 찌르고 마음을 뒤흔드는 통증이 이는 건, 형이 몸에 새긴 역사와 절망과 분노를 견디며 삭이며 통곡했던 속울음이 아니었을까, 하고 주제넘은 생각도 해보았으나, 거기에는 분명 통근하는 객지에서 휘날리는 폭설의 눈보라에 막혀 "뜬눈으로 귀를 세우고 불안하게 심장이 뛰고⋯⋯"(「객지」), "고독"과 "비애"에 젖은 그런 선생이 있었겠으나, "퇴직을 20일쯤 앞둔 22년 11개월여 근무하는 날, 병원비 대다 생긴 빚을 다 갚는 날, 새벽 나는 기분 좋게 출근길에 올랐"었고, "세상은 나만 존재하는 것이 아니어서 시골로 가는 시외버스 안에서 약 값, 적금 들기, 꼬마 모임, 퇴근 직후 조문 따위로 생각이 이동하면서 기분이 굴절"(「세상은 나만 존재하는 게 아니어서」)하는 점장이기도 하였겠으나, "무자비한 허위의 시대에 또 족적 한 점"(「하동포구」)을 찍으려는 선생의 질이 있어 제자들도 제법 따랐겠고, 형 또한 "사랑을 찾거나 인생을 고민하거나 사회를 말하여/고독을 잊게 하는 젊음, 인간적인 젊음을 좋아"해서 "'고독'이란 단어를 모르"(광주 유동 박제방(光州 柳洞 朴弟方))고 살았다 했으니, 내가 생각하기로는 그 선생님에 그 제자들이 아닐까 싶다. 얼핏 들춰보더라도 인권변호사가 있었고, 소외된 자들의 기사를 자주 쓰는 신문기자가 있었고, 노동 현장을 관장하는 조직의 실무자가 있었고, 시인이 있었고, 그렇게 많고 많았으나 생각하는 품새가 모두 한결같았다.

그끄제 극락강 건너 한방병원에서 어머니 약을 짓고

무등산을 보고 광주 유동 박제방에 함께 돌아왔는데.
크리스마스 낮말 흐른다. 작년, 올해는 애들이 뜸하구나.
스물일곱 살 소안의 해언이, 해남의 두석이, 오진이,
스물세 살 목포의 아련이, 은자는 취업 준비하고,
스물두 살 민구는 군대 갔고 순천 선아는 알바해요.
퇴근하여 지난밤에 검정콩 두유 한 박스를 사 오고
조금 전 케이크를 사 온 아들의 말을 듣고 바라본다.
세탁소 아저씨가 걱정하더라. 허리를 오십일로 줄이면
볼품없어서 니 바지를 오십육 그대로 뒀다고. 그게 뭔 말이
다냐?
물음에, 그대로 뒀으니까 걱정하지 마세요, 하였지만
어머니는 고독하다. 2년 전, 주말에 오후 5시에 내가
외출하여 밤 열 시 넘어 대학생인 20살, 21살, 25살
젊은이들과 혹은 남학생 한 사람과 방에 돌아오면,
음악이나 말소리 흐르는 시간에 커피를 갖다주고
바로 옆방에 갔을 뿐. 아침 식사 후 손님이 나가고
내가 창 없는 방에서 세 시에 나가 네 시쯤 돌아오면,
마당엔 고양이가 밥을 먹는데, 감나무 있는 화단의
꽃나무 화분들에 손길을 주고 있을 뿐.
쉰이 되어도, 애가 너무 가냘프니! 너무 쓸쓸하지?
일을 해도 빚만 늘고 셋방살이하는 게 미안하다.
내 약 값 대느라 니는 약도 제대로 못 짓고! 애틋하구나.
방학 땐 살찔 거예요. 케이크 어서 드세요. 방에 갈게요.
책, 테이프, CD가 꽂힌 3면의 책장, 녹음기가 닦였고,
아들이 들지 못하는 두꺼운 이불이 다시 깔려 있다.
백화점 건너편 2층 스토리 카페에서 대화하고,
캄캄해져 학생이 아쉬워하면 술집에 간혹 노래방에 가요.

말한 적 있지만, 밤 열 시 넘어 박제방에 시간을 만드는,

일곱 젊은이와 커피를 갖다 놓는 어머니가 떠오른다.

사랑을 찾거나 인생을 고민하거나 사회를 말하여

고독을 잊게 하는 젊음, 인간적인 젊음을 좋아할 뿐,

나도, '고독'이란 단어를 모르지만, 어머니도 고독하다.

어머니는 내 몸을 걱정하고, 나는 어머니의 아픔을,

운동을 하기 어려운 자신을 불안해한다.

예전엔 주빈, 인수, 진수, 세상을 떠난 재원 · 점식 · 상일,

윤보현 선생, 운동하는 사람이 박제방에 시간을 만들었는데.

소안도에 태풍 불던 날, 날아가지 않게 냉장고 붙들고 있어라

해놓고 범민련 사건으로 11월에 수감되었던 큰형이 밤에 박제방에 왔는데.

애야! 크리스마스 밤소리 나, 불안하게 새벽을 걸었다,

그러나 순천에서 퇴근하고 간 입원실에 어머니가 의식이 없다,

귀가한 박제방에 말소리, 음악 소리가 없다.

혼자 있는 밤들 밤의 소리를 무서워하여도 해가 바뀌었고, 2월에

혼자서 공존을 도모하고 나는 꽃나무 화분들을 챙겨

광주 유동 박제방을 떠났다.

　　　　　　　　　 —「광주 유동 박제방(光州 柳洞 朴弟方)」 전문

　물론 "버스 정류장까지 이십 분쯤 걸리는 달동네"(「옷과 시간
과 시력—마음과 시공간의 잔상 3」)와 같은 가계사 속에 "가난하여 아

파트 경비원 일을 하고 쓰러져/뇌졸중으로 의식 없이 5년 반을 살아간/인생이"(「간월도」) 새겨져 있고, 혁명을 꿈꾸다 수감된 무기수와 같은 혹은 "시간강사인 동생이 문을 열"은 "만화방같"은 삶과 "직장을 잡아/엄마 방을 만들려고 반전세 셋집으로" "옮겼"(「우산과 양복－마음과 시공간의 잔상 2」)던 행로와 혹은 "택시 운전하는" "동생 차에서 흘러나오는 정국에 관한 뉴스"(「떠나야 할 사람은 빨리 떠나야」)를 살펴 듣듯이. 그렇지 않으면 "누나가 사는 13평 영세민 아파트 창 안 베란다에선/꽃들은 봄을 젊다고 소리 없이 말하"(「가난한 사람들이 있어도」)듯이. "뇌리에" 흐르는 그런 식솔들을 "전당포 같은 어두운 곳 슬픈 눈의 형상"(「유동 거리의 유월 밤비를 맞고」)처럼 쳐다보고, 그렇지 않으면 "늦여름 저녁에 인생, 사랑을 찾아/이야기를 찾아온 스토리 카페에/十자가 목걸이를 찬 몽환적 눈동자"(「十자가 목걸이를 찬」)같이 쳐다보며 "혼자서 공존을 도모하"듯 "꽃나무 화분들을 챙겨" "떠났"(「광주 유동 박제방」)고 기도하였지만, 나에겐 유독 눈에 밟히는 대목이 있었다.

이유인즉슨 나도 서너 번쯤 형과 함께 형의 제자들을 만나 '그 애'의 이야기를 들어서다. "6월항쟁 때도 만난,/목포 시장통에서 어머니가 노점상 한다는 '그 애'."(「축제－대인예술야시장에서」)를 각별하게 여겼던 "제자"(「밤과 더 깊어진 밤」)가 학생운동을 하던 중에 입대하여 고문당하고 그 후유증으로 사망했던 열사를 나도 알 만했으니까. 이 세상은 그런 열사들이 숱하게 존재함으로써 좀 더 나아진다는 걸 너무도 잘 알고 있으니까. 아무

런 여과 없이 있는 그대로의 시를 여기에 옮겨 적었다.

3.

다시 말하면 형은 음울한 도시의 풍경과 소시민의 삶을 우울감과 고독으로 그려내고 있는 데는 대한민국의 민주화 과정에서 갖은 고통을 겪는 형제들을 두고 있을 뿐만 아니라, 그로 인해 "부유"했던 집안의 삶이 "파산"에 이르렀다. 시집 표지 날개에 쓰인 약력에 의하면 "지금까지도 너무 가볍고 허약한 몸이 곤란하게 가난하게 만들"었으며, 제 자신도 교사로 근무하며 전교조 운동에 참여하는 등등, 결코 적지 않는 고통을 감내했다. 그걸 덤덤한 시적 진술로 "60살에 명예퇴직"하듯 언술한다. "가난하여/나의 결여로 인해 조직에서 소외되어/전망이 흐릿한데도, 살아가려고" "신 살구 같은 유동 거리의 유월 밤비를 맞고"(유동 거리의 유월 밤비를 맞고) 걸으며 마음속으로 읊조리는 노래의 한 대목처럼 불러댔다.

> 광주 동네 사우나 목욕을 하고 나면
> 전기안마기에 앉아 등을 안마하지,
> 58년생이니까 등이 뻐근해서.
>
> 어쩐지 슬프고 아름다운 시는
> 천상병의 '귀천(歸天)'인 것 같아.
> 라 코뮌 오피셜 뮤직비디오를

유튜브로 듣지만

비틀스의 예스터데이
밥 딜런의 라이크 어 롤링 스톤
장 페라의 라 코뮌을 듣고, 들을 수 있는
LP나 테이프, CD를 사러 다니던 시절
내 청년 시절 20세기가 좋았던 것 같아.
계림동에서 그리고 유동에서
버스를 타고 충장로로 가면서
이슬 혹은 노을빛이 흐르는 도시를 담았지.
그래서 내가 산 테이프 레코드 CD는
도시의 정경, 사람들의 숨결,
살아가는 사람들을 떠올려줘.
유튜브는 그렇게까진 못 해.

5·18 광주 코뮌에 참여하고
그해 겨울이 와서 눈 내리고 있어서
좋아라 하여 친구들이랑 충장로로 가서
눈 맞으며 눈 위에서 미끄럼을 탔지.

그런데 라 코뮌, 21세기 지금
청년들이 라 코뮌을 MP3 유튜브로도
들을 수 있고 킥보드도 탈 수 있는 시대가 흐르고 있어.
킥보드는 젊은이가 타는 거니까
나는 그걸 탈 생각을 안 하고.
40대일 어떤 아줌마는 그걸 타고,
길을 걷는 내 앞에 미끄러져

오면서 젊어진 듯이 상기된 얼굴이었는데.
나의 주된 관심사는 인생과
나이에 맞는 일일 뿐이야.
어렵지만 내가 한 일을 내가 정확하게 아는…….
허약한 흔적을 가진 사람들이
피와 빨간 깃발로 만든 것이 파리 코뮌이다,
'라 코뮌', '포티에'를 목소리로 흘리는
장 페라를 오늘 내가 CD로 들었다 따위의.
　　―「라 코뮌(La Commune)―역사와 개인의 의식 1」 전문

그러니까 "80년 봄에" "콧수염이 살짝 난 꼬마 청년이" 선물
처럼 주고 간 "샹송 LP판 한 장"(「콧수염 난 꼬마 청년」)과 "소안도
앞바다에서" "푸른마을 산책로"에 "막 올라온 살아 있는 소라"
와 "진지한 인상 꼬마가 노랫소리를 흥얼거리고"(「소라 껍질과, 두
사람과 나」) "헤로인, 비 더 데쓰 옵 미"(「기억의 지속」)의 가사와 록
밴드 조지 베이커 셀렉션(George Baker Selection)이 발표한 "어떻게
말을 해야 할까 당신에게, 강렬히 느낄 수 없어" "노래 소절들
이 소리 없이 흘러"가고 "밤 10시 다 되어/산책로에서 돌아와
컴퓨터에서 그 노래"를 찾으면 "간혹 우울한 음색으로 나를 흐
르지만/우울한 나를 가라앉혀"(「밤과 나와 담배가/멈춘 시간, 어느 날」)
지는 형의 말처럼 "시인도 음악을 들을 줄 알아야 하는데." "그
리운 젊은 시절의 여러 색깔을,/몽상을 믿는 자를 부르는" 가
수 몽키스(The Monkees)의 "젊은 목소리가" "뇌리에"(「택시 안에서」)
스치듯이. 그러면 형이 "슬퍼질 때, 슬퍼할 때, 슬픔을 생각할

때, 슬픔이 존재하"(「슬픔」)는 심정의 모든 담화를 덜어내듯, 덜어낸 그 자리에 "사랑도 흐르"고 "사랑은 물처럼 흘러가 덧없는,/가난한 시간의 아폴리네르/의 문장의 도형화 '미라보 다리'/와 레오 페레의 애절한 목소리"(「아포리아(Aporia)」)가 흘러 채워질 텐데, 그러면 또 형이 언젠가 꿈꾸었던, "애비뉴 데 고블랭"의 사진(「서시 ― 역사와 개인의 의식 2」)과 "고흐의 별이 빛나는 밤"(「무비즘」)을 걸어둔 '스토리 카페'의 테라스에 들러 "고흐가 본 맑고 환하게 별들이 빛나는 밤하늘과/실내에서 불빛이 흘러나와 밝은 풍요로운 거리"(「추풍오장원(秋風五丈原) ― 역사와 개인의 의식 3」)를 맘껏 쳐다보며 "유라이어 힙의 레인"(「무비즘(movieism)」)을 듣고, 루트비히 판 베토벤이 쓴 피아노 소나타 8번 "비창" 등을 수시로 들어서 그러는지는 몰라도, 몸에 밴 듯이 리듬을 타는 형의 노랫소리는 일품이랄 수 있었다. 실은 나도 형이 엄선한 노래 음악을 복제해준 "LP나 테이프, CD" 서너 장을 여러 차례 듣기도 하였으나, 형에 비기면 택도 없이 모자랐다.

아나나 다를까, 실제로 가끔씩 순서대로 돌아오는 노래방의 마이크를 오래 붙들고 짝다리 짚은 폼으로 그럴싸하게 불러 제끼는 목청이야말로 나를 압도하고도 남았다. 형이 시에서도 잠깐 언급한 '꼬마 모임'을 하던 때였고 형은 꼬마 모임의 대장이었고, 나는 그때 권고사직당한 백수여서, 그저 그렇게 곤고해져 옹색해 있던 날이면 어김없이 시외근무지를 이탈한 총알택시를 타고 올라와 나 같은 꼬마 몇몇을 불러 잘 놀아주고는 했다. 조금은 시니컬하게 낯을 가리며 아무에게나 곁을 내주

지 않기도 했지만 형의 음색이 그야말로 빛을 발하는 때였다. 같이 근무하던 여선생도 입을 쫙 벌리며 놀라워하는 눈치를 나는 여러 번 목도하기도 했으니까.

　지금에 와서야 비록 "이순 넘고 병든 것은 하늘의 뜻이어서/ 결혼 안 하고 늙는 것 따라 시름 오는 걸 슬퍼하"고 "친구들 옛 가족들 그리워함 그침이 없고/못 쓰는 시에 오늘 새벽도 시달렸"(『그리운 시간』)지만 한 길 한뜻으로 살아온, 돌아갈 수 없는, 돌아가지 못한 그곳에 형의 신념이 있었고, 사랑이 있었다. 그 사랑과 신념이 곧 자신이고 가족이고 우리의 공동체임을 자각하는 것이야말로 삶의 내밀한 진정성을 획득하는 것이 아닐까. 정당한 시적 순간으로 형이 "의지와 표상으로서의 세계"와 "역사와 개인의 의식"를 통해 보여주려는 것은 삶에 대한, 삶에 의한, 삶에 가치를 부여한 자기 성찰이었음이 분명하다. 하여 이미 "박석준(朴錫駿)"화된 이런 시(詩)의 진지한 노력에 많은 귀들이 경청하고, 더 많은 눈길의 신뢰들이 와서 머물기를 진정 바라며. "뒷말이 딴 동네에 있는 '대인동식당'"이나 "옛 동아극장 골목, 연이네 집"(『조제(調劑)』) 같은 목로에서, 짓푸른 단골집 소주병에다 숟가락 꽂아 들고 지긋하니 눈 감아 "봄비에 젖는" 형의 노래 한 곡조를 따라 불렀으면 좋겠다.

趙成國 | 시인